KB017061

되찾은 : 시간

ibrary of Proust

proustbook.com

USED BOOKS
LITTLE PRESS

되찾은 : 시간

프루스트의 서재,
그 일년의 기록을 통해
되찾은 시간.

ibrary of Proust

박성민

proustbook.com

USED BOOKS
LITTLE PRESS

책읽는고양이

차례

되찾은 : 시간 4, 5, 6월

되찾은 : 시간　　　1, 2, 3월

ibrary of Proust

proustbook.com

USED BOOKS
LITTLE PRESS

이천십오년 일월 이일

생존 일기

동네 책방 시작. 책방 주인으로서 첫날이다. 보름 간의
준비를 마치고도 정리가 되지 않았다. 책장은 아직도 허
전하고 공간은 지금도 어색하다. 간판을 달지 않아서 사
람들이 좀처럼 들어오지 않는다. 아직은 정체가 모호한
공간, 책만으로는 사람과의 간극이 쉽게 좁혀지지 않는
다. 좀 더 친숙하지 못한 모양새 탓도 있다. 애초에 생활
잡화품처럼 책이 다뤄지길 원했으나 이상적 공간의 갈망
이 그 벽을 만들었는지도 모른다.

오전에는 사업자등록증을 찾아왔다. 들어올 사람도 없겠
지만 트윗을 남겨두고 잠깐 출타했다. 오는 도중에 난로
에 넣을 등유도 자전거에 실어왔다. 날이 추워서 등유 타
는 속도가 내 속 타들어가는 속도와 비슷하다. 개시를 했
으나 이것은 지인의 도움이지 수완은 아니다. 물론 나는
이 도움이 매우 큰 힘이 된다. 도서정가제가 시행되고 소

규모 출판물을 다루는 작은 책방들이 생겨나고 있지만, 이런 현상이 현실적인 도움이 되고 있지는 않다. 도서의 유통과 공급률은 아직도 쉽게 손을 내밀지 않는다. 또한 어떻게든 팔아야 하는 작은 책방들도 편중된 지역의 주변으로 모이고 또 모인다. 동네 책방이란 의미는 아직 내게 멀다. 책방의 하루를 적는 일기가 생존을 위한 기록처럼 느껴지는 것은 왜일까?

팔았다

드디어 첫 개시를 했다. 예술가처럼 보이는 출판사 청년이었다. 소설책 한 권과 시집, 두고 읽으려던 시집도 용케 찾아내 구입해갔다. 준비금도 없이 영업하는 허술한 책방 주인에게 첫 손님이라니 그저 신기할 뿐이다. 책을 좋아하는 사람이 더 많이 가게를 지나갔으면 좋겠다. 아니, 지나가는 모든 사람들이 책을 좋아했으면 좋겠다. 저녁엔 바둑책을 찾는 할아버지도 다녀가셨다. 책을 팔지 못해서가 아니라 필요로 하는 책을 전달하지 못했다는 아쉬움이 크다. 문을 닫기 전에 같이 운동하는 동생이 책방에 찾아왔다. 무료 커피로 배를 불린 뒤 책 두 권을 팔았다. 책을 좋아하는 녀석이니 단골로 만들어야지. 내일은 휴무라 아버지와 함께 쌀을 가지러 광주에 가야 한다. 일찍 쉬어야겠다.

이천십오년 일월 칠일

간판

간판을 달았다. 양철 나무꾼이 심장을 단 기분이랄까. 아버지가 만들어주신 간판이라 더 마음에 든다. 내가 코흘리개일 때부터 간판 일을 해오셨던 아버지가 훗날 제 자식의 간판을 달 줄 알았을까. 지금은 현역에서 물러나셨지만 대충 만든 것 같아도 달고 보면 멋지다. <u>장인의 손길은 쉽게 녹슬지 않는다.</u> 간판을 다는 중에 큰외삼촌이 개업을 축하해주러 오셨다. 축하금까지 주셨다. 힘을 내서 서점을 꾸려보자! 간판을 좀 늦게 달아서 선을 아직 정리하지 못했다. 시험 삼아 밤에 켜보니 잘 어울린다. 덕분에 귀여운 여자 손님도 한 분 들어왔다. 계산 중, 책 선별이 잘 되었다는 말에 내심 기뻤다.

호재

어제는 해외 근무지로 보낼 책 납품 건을 주문받았다. 동네에서 같이 농구했던 사이라 구면이다. 이번에 휴가를 나왔는데 해외 근무지에서 읽을 책이 150권 정도 급하게 필요하다고 했다. 목요일 운동 모임에 다녀와서 새벽까지 책을 선별하여 메일로 목록을 보내줬다. 목록을 보고 승인이 떨어지면 구입이 가능하단다. 아직 잘 알려지지 않은 때에 지금은 좋은 기회이다. 결과가 나오고 좋아해야 할 일이지만 이런 기회가 생겨나는 것도 좋은 신호라고 생각한다. 조바심을 갖지 않고 즐겁게 일하자. 간만에 엑셀로 도서목록 만드는 작업을 하니 예전에 서점에서 일했던 생각이 난다. 그 때가 지금은 조금 그립다.

이천십오년 일월 십일

최고 매출

24살 때 헌책방에서 일을 했었다. 다 기울어져 가는 판잣집에서 따로 잡지책과 만화책을 팔았다. 당연히 오프라인 판매는 기대하지 않았는데 일한 지 얼마 안 되서 책을 꽤 팔았다고 생각했다. 얼마 벌었냐고 물어보시는 사장님에게, 오늘 최고 많이 팔았다고 자신 있게 말하며 17,000원을 드렸다. 손에 쥐어진 하루 매출액을 보신 사장님은 껄껄 웃고는 앞으로 더 많이 팔아야겠다고 말씀하셨다.

오늘 서점을 하면서 가장 손님이 많은 날이었고, 가장 많이 팔았다. 오늘 판매 금액을 예전에 함께 일했던 사장님에게 보여드린다면 그때처럼 껄껄 웃으시며 더 팔아야겠다고 말씀하시겠지. 더도 말고 계속 오늘처럼만 팔면 좋겠다.

이천십오년 일월 십이일

아늑함

중고책을 파는 북카페 형식으로 모색 중이다. 그러나 서점의 공간이 충분하지 않아 약간 모호한 상태가 되었다. 책을 잔뜩 들여놓기도, 차를 마실 공간을 만들기도 애매한. 오전에 이케아를 찾아가서 전구와 천장 조명 기구, 회색빛 러그를 구입하였다. 머릿속에 이케아의 가구로 만들어진 서점의 공간을 지우고 나왔다. 문제는 결국 돈이다. 물론 어떤 컨셉을 가지고 서점을 꾸미려는 것은 아니다. 말하자면 아늑한 공간이 되겠지만 사람마다 차이가 있을 것이라고 생각한다. 오래된 헌책방처럼 책과 종이 냄새가 가득한 공간이거나, 커피 향이 풍기는 깔끔하고 단정한 공간에서 아늑함을 느낄 수도 있다. 이 타협점을 찾지 못해서 아직도 고민 중이다. 모두가 좋아할 수 있는 공간을 만드는 것은 참으로 어렵다.

이천십오년 일월 십사일

오늘처럼만

어제 사온 LED 전구와 조명 기구를 달았다. 조금이라도
전기세를 아껴볼 생각에 기존의 전구를 전부 교체했다.
낮에는 좀 어둡지만 밤에는 노란 불빛 때문에 아늑한 느
낌이 난다. 러그도 깔았는데 첫 번째 서재 공간에는 잘
어울리지 않아 두 번째 서재에 깔았다. 하나 더 구입해서
공간을 메워야겠다. 잠깐 자리를 비운 사이 손님에게 연
락이 왔다. 부랴부랴 달려오니 아이와 엄마가 서점에서
기다리고 있었다. 서점 비우는 시간이 좀 일정해야 될 텐
데 쉽지가 않다. 책을 계산할 때 아직 카드 승인이 되지
않아서 계좌로 송금을 받았다. 현금이 좀 부족해서 한 권
은 예약하고 가셨다. 그 뒤로도 다섯 분의 손님이 더 방
문을 했다. 구입은 하지 않았지만 평일 손님으로 이 정도
매출과 방문이면 만족한다. 마침 등유가 다 떨어져 난로
를 피우지 못해 서점이 따뜻하지 못했다는 것과 차도 한
잔 권해드리지 못했다는 게 무척 미안하고 아쉽다.

시행착오

당장은 온라인 판매를 염두에 두지 않더라도 재고 관리를 병행하려면 홈페이지를 손봐야 한다. 애초에 시작했더라면 기다리거나 손이 더 가는 일은 없을 것을. 그런 의미로 올바른 경영이라는 것은 착오의 과정을 줄이는 방법을 아는 것이 아닐까. 그렇지만 결국 그런 착오의 과정을 줄이는 것은 다양한 경험이 없이는 쉽게 생각할 수 없다. 그만큼의 실패를 경험으로 축적할 수 있느냐, 착오의 과정을 번복하지 않도록 경험을 살릴 수 있느냐가 중요하다. 결과가 뻔할 것이라고 생각되는 일도 해보지 않으면 알 수 없다.

이천십오년 일월 십육일
읽으려고 차린 책방

날씨가 흐리다. 가게 문을 열고 들어오니 살짝 오던 비가
그쳤다. 오늘은 지나가는 사람도 없을 것 같아 마음 편히
책 정리를 할 셈이다. 난로를 피운 후 날이 어두우니 서점
이 어둡지 않게 불을 더 환하게 켰다. 문을 열자마자 가게
앞에 누군가 차를 댄다. 차에서 내린 여자는 서점을 한 바
퀴 둘러보고 서점이 언제 생겼는지 묻고는 지나는 길이라
다시 온다며 홀쩍 떠났다.

비가 내린 후 눈이 온다. 올리비아가 부르는 재즈 음악을
들으며 창 밖에 내리는 눈을 보고 있으니 아늑한 기분이
든다. 이런 날은 아무것도 하지 않아도 좋다. 아주머니 두
분이 가게로 들어온다. 소규모 출판물에 대해서도 설명해
드리고, 이곳도 책을 다 읽고 파는 곳이냐고 묻기에 그건
아니라고 했다. 읽은 책도 있고, 읽으려고 하는 책도 있
고. 책을 읽기 위해서 책방을 차린 것도 있으니까. 읽지

않은 책이 혹여나 팔릴까봐 아직 서점에 가져오지 못한 책들도 많다. 책방에 늘어난 책만큼 내가 읽어나간 책들도 많으면 좋으련만.

이천십오년 일월 십팔일
신이 인도한 자리

어젯밤에 붙이고 나가지 못했다. 주차 금지. 역시나 가게 앞에 차 한 대가 서 있다. 문 앞에 버젓이 열고 닫는 시간이 쓰여 있는데도 상관없다는 듯이. 근처에 교회며 큰 성당이 있어 일요일 도로 갓길엔 빈틈이 없다. 연락은 했지만 받지 않는다. 신을 만나러 가는 자리엔 거칠 것이 없다. 문자만 남겨두고 말았다.

아는 동생 Y가 방문하여 예가체프를 갈아왔다며 한 봉지 내민다. 에스프레소로 먹었는데 별다른 감흥은 없었다. 보통은 더치로 먹는다니 다음에 제대로 맛을 봐야겠다. 예전에 Y에게 맡겨둔 장식용 나무가 있어서 차를 끌고가 받아왔다. 덤으로 책장과 칠판도 받았다. 책방의 느낌보다는 어째 커피 가게로 변모하는 것 같다. 저녁엔 나뭇가지를 손질하느라 몽땅 시간을 보냈다. 눈이 많이 온다. 눈을 쓸고 염화칼슘을 뿌렸다. 서재 위로 눈이 쌓인다.

이천십오년 일월 이십일
통과 의례

사업자 등록을 하고 카드 가맹점 승인 절차를 밟는 중인데 여기저기 카드 회사에서 연락이 온다. 사업자 카드 발급 안내를 위해 사업장에 방문하겠단다. 큰 도로에서 벗어난 동네의 작은 서점까지 카드를 발급해주러 오겠다는 끈기. 어쩌면 마음속으로 원하는 그림을 그들이 대신 그려주었기 때문에 선뜻 오라고 했는지도 모른다. 원하는 책을 구입하기 위해서 버스를, 지하철을 타고 마을의 고개를 넘고 상점들의 모퉁이를 돌고 돌아서 이 작은 책방을 찾아오는 바람을. 물론 그들은 승용차로 손쉽게 가게 앞에 차를 대고 나와 마주앉아 상담을 했다.

H사에서 나온 그녀에게 차를 한 잔 권하자 당당히 커피를 달라고 했다. 커피를 내오자 마침 먹으려고 구입했던 빵이 있다며 내민다. 책방을 둘러본 그녀는 자신의 꿈이 서점을 하는 것이라며 그것을 내가 실현하고 있다고 말

했다. 또한 스티브 잡스의 책이 있는지도 덧붙여 물었다.
어디까지가 영업용 말투인지는 모르겠지만 조금은 나를
부러워하는 것 같은 기분도 들었다. 사업자 카드가 아닌
일반 카드를 하나 만들었지만 그녀의 당당한 영업 방식
은 무척 맘에 들었다. 또한 그냥 물어본 줄 알았던 스티
브 잡스의 책도 한 권 구입해갔다.

이어 두 번째 약속을 잡은 S사의 그녀는 일반적으로 많이
보아온 타입의 영업 사원이다. 자신의 어려움을 토로하
고 도와달라고 말하는. H사의 그녀보다 프로다움은 부족
하지만 친숙하고 편안한 타입이다. 사업자 카드가 일반
카드와 다른 효용성을 알려달라고 했지만 써보지 않으면
그걸 잘 알 수가 없다고만 말한다. 다만 연회비가 다른
카드에 비해 저렴하고, 자사의 카드로 결제가 되면 포인
트 적립이 내게 쌓인다고 했다. 거절할 수도 있었지만 사
업자 카드가 궁금하기도 하여 그냥 만들었다. 순식간에
카드 두 개가 생겼다. 아마 쓰지는 못할 것 같다. 내가 서
점 주인이 되어가는 하나의 통과의례처럼 느껴진다.

이천십오년 일월 이십일일

책의 안부

대림아파트 사는 그분은 서점 앞을 머뭇거리다가 들어왔
다. 약간 더듬거리는 말투, 책을 빌려주는 곳이냐고 묻는
다. 사고파는 곳이라고 알려드렸더니 한참을 생각한다.
이런 동네에 책을 사고파는 책방이 있다는 것이 쉽게 상
상되지 않았단다. 근처의 도서관에서 무료로 책을 빌려
볼 수도 있고, 인터넷으로 책을 사고파는 시대에 이렇게
책방을 하는 이유가 있느냐면서. 좋아서 한다고 했더니,
모든 것이 이해된다는 듯이 목소리를 키웠다. 사람은 하
고 싶은 것을 하면서 살아야 한다고, 이것도 책을 통해 배
웠다고 자랑스럽게 말했다. 차를 한 잔 권해드리고 좀 더
이야기를 이어갔다. 자신은 근처 대림아파트에 사는데
책을 좋아해서 동네 도서관도 자주 가고 예전에는 고구
마*에서 책도 가끔 사서 봤다고, 지금은 없어졌으며 서울
에서는 헌책방이 안 된다며 걱정스럽게 말했다. 책을 사
고파는 것을 떠나 이렇게 책을 좋아하는 사람과 이야기

를 나누다보면 그들은 나와 대화를 하는 것이 아니라 책의 안부를 묻는 것 같다. 그동안 잘 지냈는지, 아픈 곳은 없는지, 다시 볼 수 있는지. 대림아파트 그분은 차도 한잔 얻어 마셨으니 다음에 들러 책을 사겠다고 말하고는 총총히 사라졌다.

*고구마 : 신금호역 근처에 있던 헌책방.

이천십오년 일월 이십이일

사기당한 두유

이틀 전에 인터파크에서 지역 광고를 등록해준다며 영업 사원이 방문할 것이라고 했다. 처음엔 지역 소상인의 입점 유치를 통해 협력 관계 기반을 다지는 줄 알았다. 전화를 끊고 든 생각은 결국 그냥 도와줄 리는 없다는 것. 잘 알려진 회사니 입점을 통한 판매 수수료 정도를 챙기겠거니 생각했다. 오전에 영업 사원이 근처에 있다며 곧 방문하겠다고 전화가 왔다. 가까이 사는 친구와 담소 중이었는데 아쉽게도 일찍 보내야 했다. 잠깐 사이에 영업 사원이 찾아왔기 때문이다. 단정한 차림의 영업복을 입고 각종 서류 파일을 탁자 위에 내려놓은 그는(20대 후반 정도로 보였다.) 말을 시작했다. 마치 녹음 테이프를 틀어놓은 것처럼 끼여들 틈이 없다. 대체로 이런 이야기였다. 이번에 개업한 가게를 홍보 대상으로 삼고 지역 광고를 한다. 이 서비스는 인터파크에서 시작한 지 얼마 되지 않아서 적은 금액으로 입점을 유치하여 그 동향을 알아

보기 위함이다. 6개월 내에 어떠한 실적도 없다면 이 서비스에서 빠질 것이라고 했다. 지금 계약을 한다면 광고용 홈페이지를 만들어주는 서버 비용도 무료고, 서비스 사용료도 적다. 그러니 6개월만 이용해보시라.

테이프가 다 감기고 질의 응답 시간이 왔다. 이런 상황이면 보통 내가 묻고 영업 사원이 답해야 하나 지금은 반대다. 아직 더 돌아갈 테이프가 남았다. 업체 등록이 되어 쿠폰을 발행한다면 판매가격의 10% 할인이 가능하십니까? 나름 고심하며 책의 적정값을 매기는데 손쉬운 쿠폰 사용으로 책의 값을 깎는 것은 마뜩치 않다. 그럼 3만 원은? 3만 원은 혹한다. 영업 사원은 계약서에 3만 원을 적고 동그라미를 친다. 그리고는 서버 비용 무료라고 쓴 곳에도 동그라미를 치더니 볼펜을 내게 돌려주며 여기, 여기 사인을 하면 된다고 했다. 혹했다. 만유인력처럼 계약서 위로 볼펜심이 툭, 떨어질 뻔했다. 영업 사원의 말 그대로 안 할 이유가 없는 것이다. 그러면서 드는 위화감. 뭔가를 뒤에 감추고 있는 것 같은 찝찝함. 나는 곧바로 사인을 하지 않고 계약서를 읽어내려갔다. 계약서에는 계약 후 7일 이내에 취소하지 않으면 30%의 위약금을 물도록 표시가 되어 있었다. 영업 사원은 앞서 말한 것처럼 6개월 이전에 실적이 없다면 위약금 없이 철회하도록 해주겠다며 걱정하지 말란다. 믿지 않을 수도 있으니까 직접 계약서에 이와 같은 내용을 적어서 내게 보여줬다. 어차피 6개월 동안은 서비스 이용료를 내야 하는 것이 아니냐고 물었더니, 이 정도 이용료는 저렴한 편이며 하단 광고에 딱 네 군데 업체만 실리기 때문에 그만큼 광고 효과가 크다고 했다. 지금 이 계약이 아니더라도 약속이 여러 곳 잡혀 있다고 서류 파일 뭉치에서 계약 일정표를 보여준다. 그리고 앞서 계약한 가게의 계약서도 함께. 점점 구질구질 해진다. 마음이 돌아선다.

이런 상황이 예전에 겪었던 일들과 함께 중첩된다. 예를 들면 전화로, 이러한 상품에… 당장은 가입은 하지 않더라도… 동의하십니까?(띄엄띄엄 무슨 내용인지도 잘 모르겠다.) 정확히 알지도 못하는 상태에서 느닷없이 동의하냐고 묻는다. 그래서 동의해야 하냐고 물었더니 웃는다. 아까와 같은 말을 다시 반복하면서 동의하냐고 묻는다. 동의하고 싶지 않다고 했더니 앵무새처럼 아까와 같은 말을 하면서 당장은 아니니까 일단 동의만 해주면 된단다. 어이없기도 하고, 같은 말을 반복하면서 동의만 구하는 걸 듣고 있자니 웃음을 참을 수가 없었다. 킬킬거리며 다음에 동의를 해주겠다고 전화를 끊었다.

상황은 좀 다르나 지금도 요구는 같다. 어떻게든 동의해주기만을 바라는 것이다. 서점의 특성상 이런 홍보 방식은 어울리지 않다고 했더니 자신도 개인적인 사업으로 마케팅을 하고 있는데 바이럴 마케팅도 일정한 공식이 있으며 한달 비용도 30만 원 이상 들어가고 블로그 관리가 되어 있지 않다면 할 수 없다고 했다. 알 수 없는 말들을 주절거리니 점점 피곤해진다. 더 혹한 말을 해야 내가 넘어온다고 생각했는지 요즘 시럽이라는 광고를 알고 있느냐고 묻는다. 모른다고 했다. 그랬더니 직접 그 광고를 휴대폰으로 보여준다. 본 것 같다고 했더니 여기에 광고가 들어간단다. 이야기가 길어질 것 같아 그만 끊기로 했다. 검증되지 않은 마케팅에 돈을 낼 수 없으며, 정확히 어떤 내용으로 어떻게 광고가 되는지 아무것도 모르는 상태에서 하루 만에 무작정 계약할 수는 없다. 이 외에 얘기는 하지 않았으나 서면에 약정으로 계약된 상태에서 위약금 문제는 꼼짝없이 당할 수밖에 없다. 영업 사원이 위약금 없이 철회가 된다고 계약서에 적었으나 이것이 효용성이 있는지도 모르겠고, 시럽? 진행되지 않은 말의 형체뿐이다.

그가 돌아간 뒤에 남겨진 명함을 자세히 보니 '제휴사 GM VISION'이라고 적혀 있다. 인터파크가 아닌 그저 제휴사인 것이다. 전화 안내원이 깜찍하게 나를 속였다. 실체가 궁금하여 인터넷을 검색해보니 그들을 향한 분노의 글이 여기저기 붙어 있다. 겉만 그럴듯하게 꾸며놓고 성의와 진전이 없는 홍보 방식에 화가 난 것이다. 더군다나 이 업체를 사기로 신고하기 위해 공정거래위원회에 연락했지만 민사 소송만 가능하다는 것이다. 위약금만 지불하고 끝내려고 해도 계약서에 약정이 명시되어 있기에 7일이 지나면 그것도 해주지 않는다고 했다. 영업 사원이 약속한 6개월 해지는 무용이며 영업 사원의 퇴사로 따지기도 어렵다. 그들 입장에서 보면 이 서비스는 사기가 아닐 수 있다. 인터파크 로컬이란 이름으로 서비스를 하고 있으며(로컬이라는 말을 개미가 알아들을 만큼 말했을 수도 있다.) 홈페이지도 직접 제작하여 홍보 내용을 올리고 있으니 말이다. 그러나 개업한 지 얼마 되지 않은 영

세한 가게들을 상대로 실체를 보이지 않고 서둘러 계약
하려는 행태를 생각해본다면 왜 이러한 서비스가 사기인
지 자신들도 알고 있을 것이다. 나는 계약서에 서명을 하
지 않았지만, 먼 길 와서 상담해주느라 고생한 그에게 두
유 음료 한 팩을 사기당했다.

이천십오년 일월 이십칠일

제자리

어제 차를 몰고 구로서점에 가서 진열장과 작은 책장, 원형 테이블을 얻어왔다. 가스 충전을 하지 않고 갔다 오느라 조마조마 했다. 운전만 해도 몸이 피곤해서 정리는 다음날 하려고 가게에 대충 놓고 나왔다. 결국 알맞는 자리를 찾느라 오늘 오전부터 물건의 대이동이 시작됐다. 이 작은 공간에 최적의 위치를 찾겠다고 종일 집기를 이동시켰더니 몸도 피곤하고 허리도 아프다. 처음엔 마땅한 자리가 없어서 걱정이 많았는데 오랜 고심 끝에 제자리를 찾은 것 같아 기쁘다. '은교'라는 영화를 보면 오랜 세월 한 자리를 차지하고 있는 물건은 그것의 고유한 자리이기 때문에 함부로 움직이면 안 된다는 장면이 있다. 많은 사람들이 편안하게 이용할 수 있는 공간이 된다면 이것들도 제 고유한 자리를 찾게 된 것이겠지.

이천십오년 일월 이십팔일

손님맞이

지난번에 책을 구매했던 분이 문자로 예약 방문을 알렸다. 뜻하지 않은 손님도 좋지만 한 번 다녀갔던 분이 오면 더욱 반갑다. 방문을 알렸으니 좀 더 신경써서 손님을 맞아야 한다. 난로도 미리 따뜻하게 피우고, 커피도 한 잔 드릴 수 있도록 커피 기계에도 불을 올렸다. 세심하게 선곡을 하고 창문을 한 번 더 깨끗이 닦을 때쯤 손님이 친구분과 함께 아이들을 데리고 방문했다. 작은 책방이 사람들로 복작거리는 느낌이 좋다. 어른에게는 커피를 아이들에게는 모과차를 대접했다. 책을 두고 이어가는 수런거림이 좋다. 큰 서점에서 일했을 때의 기분이 난다. 책이 많이 팔렸고, 권한 음료도 모두 깨끗하게 비워져서 기분이 더 좋다. 내게 이런 날이 더 많아진다면, 그런 풍경을 동네에서 더 많이 볼 수 있다면 얼마나 좋을까.

이천십오년 이월 삼일

재고 관리

오후에 잠깐 책을 가지러 간 사이에 여중생 두 명이 방문했다. 신화 관련 서적과 《위대한 개츠비》의 재고를 물었으나 매장 내에는 트로이 신화 외에는 가지고 있는 것이 없었다. 《위대한 개츠비》는 본 기억이 있어서 서가를 뒤졌지만 찾지 못했다. 곧 찾아서 줄 수 있을 것 같아서 내일 다시 한 번 방문하기를 요청했다. 여학생이 돌아간 뒤에 몇 분 만에 다른 서가에서 결국 개츠비를 찾아냈다. 자신의 손을 타지 않은 책은 아무래도 찾기가 쉽지 않다. 저번에도 《싯다르타》를 찾는 분이 있었는데 집에 있는 줄 알고 다음에 방문하기를 요청했다가 서가에 있던 민음사 문학전집에서 《싯다르타》를 찾고야 말았다. 예전에 서점에서 일했을 때는 이런 일이 거의 없었는데, 감을 많이 잃었다. 재고 관리가 필요하다. 간단히 엑셀 작업으로 목록을 작성해도 되지만 두 번 작업을 하느니 홈페이지에 재고를 모두 올리기로 작정했다. 원래는 인문학 위주로 올릴 생각이었는데 재고 관리가 쉽지 않을 것 같다.

한동안 홈페이지에 책을 올리느라 정신이 없겠다.

불편 없이

중앙출판사에서 오래 전에 나온 골든세계문학전집 50권을 매입했다. 가족이 박스에 담아 낑낑거리며 가져온 골든세계문학전집은 90년대를 거쳐 2003년도까지 재판이 되었다. 보통 전집은 취급하지 않으나 문학전집은 어쩔 수 없이 손이 간다. 수많은 출판사에서 꾸준히 세계문학전집을 만들어내고 있다. 이는 고전의 불멸을 반증한다. 주위 학생들이 많이 볼 수 있도록 저렴하게 값을 매겨야겠다. 시공주니어에서 나온 삼국지 10권 세트를 구입하러 여자 세 분이 오셨다. 저번에 방문했던 여자 분의 소개로 온 모양이다. 책을 보곤 판매 금액이 좀 부담되는지 현금 할인의 가능성을 자꾸 묻는다. 물론 현금으로 받으면 좋겠지만 이러한 과정이 나에게는 더 번거롭다. 앞으로도 계속 현금 할인을 요구한다면 그 할인 금액을 책정하려고 고민해야 하는 과정 말이다. 카드는 어디까지나 서비스 개념으로 하는 것이기 때문에 카드로 구입한다고

해서 좋아하지 않는다거나 싫어하지 않는다. 그저 불편
없이 책을 구입하기를 바랄 뿐이다.

이천십오년 이월 칠일

아들의 처방전

아주머니 한 분이 아들에게 줄 책을 골라달라고 했다. 어떤 분야를 좋아하는지 물었으나 그런 것은 상관없이 덜 폭력적인 책들로 추천해달라고 했다. 놀라운 것은 아들의 나이가 스물넷이라는 것이다. 스물넷, 성인이 볼 아들의 책을 어머니가 고르는 것은 놀라운 일이 아니지만 '덜 폭력적인' 이라는 단어가 들어가면서 책을 고르는 의미가 조금 달라졌다. 걱정하는 어머니의 마음이 엿보인다. 관심을 가지고 읽을 수 있도록 소설 몇 권을 직접 구입하셨는데, 책의 제목은 《친구》,《아버지들의 아버지》였다.

오후엔 친구들이 놀러왔다. 개업하고 나서 처음 온 고등학교 친구들이다. 사는 것이 바쁘니 서로 왕래가 뜸하다. 점심으로 짜장면과 탕수육을 함께 먹었다. 먼 길 와서 짧게 이야기를 나누고 갔지만 오랜만에 만나도 어색함이 없어서 좋다. 홈페이지에 책을 계속 업데이트 중인데 소설 부분이 끝났다. 사진이 많이 들어가면서 로딩 속도가 조금씩 느려진다. 이번 달 안으로 모든 업데이트 작업을 끝내야 다음 달부터 들어가는 독립 출판물 수업을 편하게 받을 수 있을 텐데 걱정이다.

이천십오년 이월 십일일

해야 할 것들

책을 보기 위해서 들어오는 손님도 없다. 사람이 들지 않는 책방은 볕이 들지 않은 지하실처럼 어둡다. 홈페이지에서 카드결제는 되지 않지만 주문서를 넣고 계좌 입금으로 구입이 가능하도록 바꿨다. 문제는 서버가 너무 느린 관계로 목록을 보려면 인내를 가지고 확인해야 한다. 일단은 재고 관리를 위해서라도 목록을 올리겠지만 주문을 하는 데 어려움이 생긴다면 등록 서버를 바꿔야만 한다.

3월부터는 독립 출판물 수업을 받기로 했다. 소규모 출판물을 취급하는 것도 중요하지만 책을 만드는 일도 겸하고 싶다. 하루 빨리 환풍기를 고쳐야겠다. 난로에서 석유 냄새가 난다. 환기가 되지 않으니 장시간 문을 닫아놓으면 머리가 아프다. 좀 더 세부적인 계획이 필요한 시점인데 미뤄둔 일에 골몰하느라 생각이 단편적이다. 밤이 너무 빨리 온다.

이천십오년 이월 십삼일

머리 아픈 질문

머리가 아프다. 질문은. 꿀꺽 삼켜서 간단히 트림으로 답해도 좋을 단순한 물음을 식도로 넘기기 위해 몇 번을 곱씹는 것은 밥 알 하나도 제대로 소화시키기 위해서다. 막연하게 책방을 운영하고 있는 것은 아니지만 뚜렷한 소명이 있는 것도 아니다. 책이 좋다, 그 뿐. 이상적인 삶은 누구에게나 있고 그런 삶을 실현하는 것도 그의 몫이다. 그런 의미로 시작한 책방은 내게 끊임없이 질문한다. 왜책방을 하는 건지. 밥은 먹고 살 수 있는지. 현재에 만족하고 있는지. 앞으로의 계획은 무엇인지. 으레 준비가 되어 있는 노트북 백지 위에서 고민의 뚜껑을 닫아버렸지만, 이제는 답을 해보는 것도 나쁘지 않을 것 같다. 계속되는 물음에 소화불량이 생기면 결국 탈이 나니까.

월세를 내고 난 오후의 풍경

월세를 냈다. 다행히. 또 한 달 보낼 수 있다. 책을 판 돈
을 고스란히 주인 집 계좌에 붙이고 났더니 멍해졌다. 해
는 들었고, 내가 앉은 자리까지는 역시 오지 않는다. 우
두커니 문 앞을 지키는 난로의 유량계는 슬그머니 나를
본다. 기름을 넣으면 머쓱히 딴청을 피울까. 어색한 사
이, 어색한 손님이 들어와 책을 둘러본다. 책 두 권을 팔
아넘기고 쥔 돈, 유량계가 다시 가만히 나를 본다.

이천십오년 이월 이십일

0의 이야기

설 당일에 큰집에 다녀오고 0의 집에서 대부분의 시간을
보냈다. 0은 오랜 사회 생활을 하면서 생각의 대가 더 곧
아졌다. 뿌리가 뽑힐지언정 쉽게 꺾이지 않는다. 인정이
많고 약한 것에 손을 내밀지만 아니라고 생각되는 것에
대해서는 단호하다. 세상은 단순하지만 질서는 복잡하
다. 1차원으로 사는 세상은 옳고 그르다. 하지만 사는 것
은 옳고 그름을 떠나 가끔 그 중간의 편에 있기도 하다.
하지만 그 중간을 이해하지 못하는 0은 가끔 나와 언쟁을
벌인다. 감정을 소모하며 결국 서로가 상처를 주고받아
야 끝난다. 그러다가 뒤늦게 나의 이해를 책망한다. 0과
1로 이루어진 컴퓨터 같은 사회에서 0은 얼마나 피곤하
고 힘들까.

이천십오년 이월 이십일일

비만 올 줄 알았지

연휴라 이틀 쉬고 책방을 나왔다. 검정색 차 한 대가 전화 번호도 남겨두지 않고 책방 앞을 버티고 있다. 비도 오고 더 신경 쓰지 않기로 했다. 작은 일도 계속 마음에 두는 성격이라 몸만 상한다. 오늘은 홈페이지 목록 업데이트에 골몰할 계획이다. 차를 한 잔 내려 마시고 작업을 하는데 건장하게 생긴 남자 한 분이 머리를 단정하게 묶고 책을 보러 들어왔다. 조금 둘러보고 인사하고 나가더니 다시 들어오며 창문 앞 진열장에 놓인 책을 두 권 가져와 구입했다. 목소리가 온화하고, 구입한 책을 보니 자연과 사람을 사랑하는 평화주의자 같다. (목소리와 구입한 책만으로 어쩐지 이런 추리가 가능하다) 시집을 한 권 추천해달라고 했는데 딱히 생각나는 것이 없어서 문학과지성사에서 나온 시집을 추천해드렸더니 그냥 보고 가셨다. 지금 생각해보니 예전에도 똑같은 일이 있었던 것 같은데 이 사람이었는지는 기억이 잘 나지 않는다. 아무튼

집에 있는 시집을 몇 권 가져다 진열해야겠다.

손님이 가고 나서 친구 둘이 놀러왔다. 차례를 지내고 대
천에 있는 겨울 바다를 보고 왔단다. 사람이 없을 줄 알
았는데 많다고 했다. 창밖으로 내리는 비를 보며 잠시 바
다를 생각한다. 점심을 먹으려고 책방을 닫는데 남자 둘
이 온다. 요즘 자주 오는 손님이라 아무 일도 아닌 것처
럼 다시 문을 열었다. 처음에는 혼자 왔는데 요즘은 친구
랑 같이 온다. 책을 구입하고 내려준 커피를 마시고 책방
에서 잠시 이야기를 하고 간다. 이상적인 손님. 더 많아
지면 좋겠다. 부탁한 책도 빨리 구해 주고 싶다. 시간을
놓쳐서 그냥 컵라면으로 끼니를 때웠는데 저녁에 J가 놀
러와서 배고프다기에 탕수육과 짜장밥을 사줬다. 타이밍
을 못 맞추는 J. 그러나 책을 구입한 센스장이 J. 한동안
작업을 하다가 나와 함께 퇴근했다. 비도 오고 날도 흐려
서 혼자 작업만 하다가 돌아갈 줄 알았는데 심심하지 않
은 하루였다.

이천십오년 이월 이십이일

멘붕

무심결에 실수로 책 등록 페이지를 지워버렸다. 그간 작
업한 1200권의 목록이 한꺼번에 사라졌다. 다시 시작하
기엔 엄두가 나지 않는 반복 작업들. 어차피 등록 권수가
많아지면 페이지가 늦게 뜨니 선별된 책만 올릴까? 차라
리 분류를 만들어 시작하는 게 나을지도 모른다. 하고 싶
은 것에 앞서, 해야 할 일들이 치워지지 않으니 그게 답답
하다. 잃어버린 시간을 찾으려다 시간만 더 잃겠다.

이천십오년 이월 이십삼일

책장을 들이고

책장을 새로 들였다. 기존의 책장과 색상이 맞도록 하얀
색으로 구입했는데 모양은 달라도 크기가 비슷하니 어울
린다. 다만 기본 판형의 책을 꽂으면 상단 부분이 남아서
공간의 손실이 있다. 저렴하게 구입한 것이라 책장에 입
힌 시트지가 울거나 찢어지지 않을까 걱정이다. 가게의
구조가 반듯하지 않고 양 옆의 공간이 조금씩 남아서 책
장을 사선으로 배치했다. 약간 독특한 구조가 됐지만 책
방이 이전보다 안정적인 모양새를 갖추게 되어서 마음이
놓인다. 창문에 있는 책상의 위치는 좀 더 손을 봐야겠
다. 분류별 도서 등록을 위해 홈페이지의 메뉴바를 만들
고 진열의 위치도 맞게 바꾸는 게 좋겠다. 비싼 값을 치
르고 다시 시작하는 기분이다.

동전 한 닢의 무게

백 원 참 가볍다. 누구는 길거리에 떨어져 있어도 잘 줍지 않는다. 백 원의 가치는 어릴 적에 무더운 여름날 쭈쭈바를 사먹을 때 가장 컸다. 이제는 주머니가 무거울 정도로 수북한 동전을 내밀어야 무엇 하나 살 수 있을까. 책방에 있는 가장 값이 싼 중고책도 천 원이 한 장 있어야 구입이 가능하다. 동전이 10개. 책은 오래됐지만 읽기에 따라서 그 가치를 충분히 반영한다고 생각하기에 따로 두어 판매하고 있다. 그런데 오늘 처음 책 한 권이 팔렸다. 버려지지 않고 다시 누군가에게 읽힌다는 것은 정말 기분 좋은 일이다. 탁자 위에 슬며시 올려놓고 간 동전들. 동전의 낱낱이 손에서 돈다. 오백 원 동전이 1개, 백 원 동전이 4개. 가벼운 동전 하나가 없다. 없어도 있는 것 같은 동전 하나. 내 손에 쥐어진 구백 원의 동전 중에 하나가 더해진들 그 무게를 다르게 느낄 수 있을까. 너무도 가벼워서 말할 필요도 없는 동전 한 닢. 나는 억울하지도, 괘씸하지도 않다. 백 원의 무게는 그런 것이기에. 나는 짐짓 모르게 동전 바구니에 넣었다. 다만 아주머니의 마음을 누르는 그 숨은 동전 하나의 무게는 어떨까? 가벼울까, 아니면 무거울까?

이천십오년 이월 이십오일

눈물

쑤퉁의 소설 《눈물》 1권을 실수로 떨어뜨렸는데 탁자 밑
에 있던 물통에 쏙 빠져버렸다. 눈물 난다. 1권이 흠뻑 젖
어서 눈물을 흘린다. 멀쩡한 2권도 눈물로 지켜보고 있
다. 그래서 1권의 눈물이 마르면 제일 먼저 읽어볼 참이
다. 어떤 이유로든 눈물나게 읽을 것 같다.

이천십오년 이월 이십육일

친구가 보내온 친구의 결혼 소식

아무개 결혼한다. (까똑)

담주 오후 3시다. (까똑)

http://www.xxxxx.com/xxxxxx (까똑)

링크를 따라가니

예복을 입은 친구와 신부의 사진이 뜬다.

얼굴은 멀끔하니 환하다.

체중은 예전 그대로인 것 같다.

하는 일은 아직 그대로인지

어디서 살고 있는지

요즘은 무슨 생각을 하고 있는지

따로 링크는 없다.

더 클릭 할 것도 없기에 창을 닫고 나왔다.

이천십오년 삼월 일일

예술가여 무엇이 두려운가

자신의 우울한 감정을 더 고조시킬 수 있는 책을 추천해
달라고 한 젊은이가 찾아왔다. 보통은 이와 반대의 경우
로 책을 찾는 경우가 많은데 자신의 감정을 숨기거나 벗
어나려고 하지 않고 감정에 침착하려는 모습이 인상 깊
었다. 추천할 만한 책이 딱히 떠오르지 않아 고심하는데,
개인적으로 권하고 싶은 책도 괜찮다고 하여 조지 오웰
의 《1984》를 추천했다. 젊은 친구는 그 소설을 읽지 않았
지만 딱히 자신의 취향은 아니라고 했다. 그는 산도르 마
라이의 소설 《열정》이 어떤 내용인가 물었고, 읽어본 적
이 없기에 인터넷의 서평을 대신 읽어주었다. 그는 두 권
의 책을 골라 계산하면서, 집은 여기가 아니며 팔을 다쳐
근처 병원에서 치료를 받는 중에 이곳을 발견하고 한 번
쯤 오고 싶었다고 말했다. 이어 자신은 음악을 하는데 손
을 다쳐 약 5개월 간 아무것도 할 수 없었으며, 수많은 경
쟁자들 속에서 음악 작업을 해야 하는 고충을 토로했다.

그 얘기를 들으니 한 권의 책을 추천하고 싶었다. 이상 소설집. 딱히 설명은 하지 않아도 마음에 들어했다. 커피를 내리는 중에《1Q84》에 관한 내용을 물었고, 왜 대중이 하루키를 극단적으로 좋아하고 싫어하는지에 대해 궁금해하기에 알고 있는 내용을 설명해주었다. 뒤늦게 생각났지만 처음에 추천한 책 1984를 1Q84로 잘못 알아듣고 그 내용을 물은 것 같았다. 그저 이야기만 들어주었을 뿐 그 외 별다른 이야기는 하지 않았지만, 그는 곧 자신감을 찾을 것이며 열정을 가지고 음악을 만들 것이다. 그가 꽤 마음에 들어하며 고른 나머지 책 한 권이 내가 할 말을 대신하고 있었기 때문이다.

예술가여 무엇이 두려운가!

볕이 드는 시간

볕이 서점의 끝에 닿는다. 정확한 시간은 확인하지 않았지만 대략 네 시 반에서 다섯 시 반. 하던 일도 멈추고 볕이 잘 드는 나무 책상에 앉아본다. 누구와 앉아서 커피를 한 잔 해도 더 없이 좋겠지만, 읽고 싶은 책을 보거나 한 줄의 시를 써보는 것도 좋겠다. 이 볕의 온화함을 함께 나누는 것만으로도 그 누구는 나의 친구가 되었을 것이다.

중고 서적과 독립 출판물의 차이

중고 서적과 독립 출판물의 태생적 환경의 개연성을 묻는다면 나는 다르지 않다고 대답하겠다. 물론 중고책은 '모든 책'이라는 범주에 들어가지만 서점을 만나 다른 생태적 환경을 가진다. 버려져서 폐지가 되거나, 방구석의 장식물로 취급되지도 않을 것이다. 한때는 많은 사람들이 읽었을 책도 있고, 시대의 흐름을 따라가지 못하거나 초월하여 그대로 묻히거나, 자본의 한계를 넘어서지 못하고 진열대에 한 번 누워보지 못한 책들도 어떻든 중고책이 되고 만다.

인쇄물의 결과로 따지지 않더라도 개인의 자유로운 이야기와 활동이 상업적 가치라는 잣대에 막혀 출판물이 되지 못하는 것도 어찌 보면 같다. 그러니 그 가치를 다시 발견하고 재조명한다는 점에서 헌책방과 독립 출판 서점은 그 맥락을 같이한다. 나는 헌책과 새책을 다루는 것이 아니다. 잊혀지거나 잊혀질 생각과 기록의 가치를 다루는 것이다. 이 점이 중고책과 독립 출판물이 공존하는 '프루스트의서재'의 존재 이유다.

어떤 의미로 슬픈 하루

오늘 하루도 무탈하게 잘 보냈는데 쓰고 싶어 안달이 날
이야기가 없다는 것은 어떤 의미로 정말 슬프다.

돈을 벌었어

판매 금액만 산정을 했더니 월세를 내고 14,500원의 수익이 났다. 생각보다 이른 시점에서 수익이 났기 때문에 스스로도 놀랐다. 물론 처음이고 아직 평균치가 아니기 때문에 다음 달이라도 다시 적자로 돌아설지 모른다. 세세하게 따지면 아직도 마이너스 생활이지만 일단 이 정도의 성과로 위안을 삼자. 독립 출판물 2주차 수업 때 이 이야기를 했더니 사람들이 모두 응원의 박수를 보냈다. 좀 더 힘을 내보자.

이천십오년 삼월 십육일

동네 서점이 동네에 어떤 영향을 줄 수 있을까

질문 잡지 〈헤드에이크*〉의 지원 씨로부터 공동 연구 제
안을 받았다. 서울시가 마을살이를 주제로 연구비를 지
원하는 모양인데, 동네 서점이 동네 문화에 주는 영향에
대해 쓰고 싶다고 했다. 운영자 입장으로 책방의 지속 가
능성을 위해서는 동네와 밀접한 관계를 만들어야 한다는
생각이 컸기에 이런 제안은 환영할 만한 일이다. 지금의
일기도 어찌 보면 변화의 기록 같은 것이다. 확실한 영향
력을 체감하려면 다변화를 꾀해야 할 텐데, 과연 무엇을
해야 효과적일까? 문화적 소외 지역은 논외로 하더라도
평균적 책읽기 수준이 크게 저하된 시점에서 동네 책방
의 변화도 쉽지 않다. 작은 것부터 천천히.

*헤드에이크 : 〈헤드에이크(Headache)〉는 2009년 11월 19일에 창간한 질문 잡
지이다. "예술적인 질문은 삶을 변화시킨다"라는 것을 모토라 하여, 특히 20대의
고민에 더욱 귀기울이고 20대들의 살아 있는 목소리를 사람들에게 들려주고자
하는 취지로 만들어졌다

신간 도서 주문

이전부터 신간 도서 주문이 가능했지만 동네 책방에서는 실효성이 없다고 판단하여 손을 놓고 있었다. 정가제를 시행한다고 동네 책방에서 책을 구입하는 여건이 크게 좋아지지는 않았기 때문이다. 그런데 얼마 전부터 도서에 관한 문의 전화를 받으면서 생각이 조금 바뀌었다. 온라인으로 모든 사람이 책을 구입하지는 않을 것이라는 생각 말이다. 누구에게는 온라인이 값싸고 편해 보일지는 몰라도 그렇지 않은 사람도 분명 있는 것이다. 그런 사람들을 위해 동네 책방이 존재하는 것이다. 애초에 모두를 상대할 생각이 아니었으니 소수를 외면하지는 말자. 나는 아직도 멀었다.

먹기 좋은 텍스트를 위한 디자인[*]

요리는 여러 조리 과정을 거쳐 음식을 만드는 것을 말합니다. 요리도 하나의 창작 예술 과정임을 생각한다면 단순한 조리를 넘어 음식을 담아 내놓은 차림까지 하나의 과정으로 봐도 무방할 것 같습니다. 어떻게 음식을 담아 내느냐는 것은 전적으로 어떻게 음식을 선보이고 맛보게 할 것이냐 하는 문제와도 직결되겠죠. 한 권의 책을 디자인하는 것도 이와 다르지 않다고 생각하는데요, 날것의 텍스트를 어떻게 구성하여 어떤 의미로 읽히게 할 것인지에 대한 의도된 차림인 것이지요. 보기 좋은 떡이 먹기도 좋은 것처럼, 텍스트를 맛있게 읽기 위해서 디자인이 필요한 것이고요.

출판을 위해서는 콘텐츠에 어울리는 문체, 디자인, 구성을 생각해야 합니다. 무엇보다 독창적인 디자인은 '이야기'를 담는 것입니다. 이야기를 다른 말로 하자면 '의도'

라고 할 수 있겠네요. (수업 시간에는 저자가 장치라는 말로 대신하였다.) 어떤 마음으로 텍스트를 읽어줬으면 하는 길잡이 역할인 셈이지요. 단순한 텍스트는 사람이 읽기에 따라 조금씩 해석이 달라질 수 있고, 텍스트가 의도한 방향에서 어긋나기도 하기 때문입니다. 이러한 이야기는 곧 자신의 출판 철학이라고 할 수 있습니다.

기성 출판과 독립 출판의 디자인적 요소를 이해할 필요가 있습니다. 기성 출판은 한 눈에 누군지 알 수 있도록 가슴에 이름표를 달아준 셈입니다. 하지만 독립 출판은 이름표가 없어서 이름이 무엇인지, 어느 학교에 다니는지 알 수가 없습니다. 그래서 이 녀석을 알려면 애써 이름을 물어야 하고, 스스로가 친근하게 다가서야 합니다. 그래서 왜 이름표를 달지 않았냐고 물어보면 자유롭기 때문이라고 엉뚱하게 답합니다. 현재의 기분을 노래로 대신하기도 하고, 그리운 마음을 엽서로 보내기도 합니다. 묻는 말에 또박또박 대답하지는 않아도 그 녀석이 가진 본질적인 기질과 닿게 되는 것이죠.

자신과 어울리는 디자인적 요소를 찾는 것도 중요합니

다. 하지만 출판의 핵심은 콘텐츠입니다. 기성, 독립 출판을 따지지 않고 좋은 책은 '잘 기획된 콘텐츠'에 달려 있다고 보는 것이죠. 저는 이것을 달리 부른다면 '텍스트가 주는 힘'이라고 생각하고 있습니다. 콘텐츠라는 것도 결국은 텍스트가 모여 이룬 집합체이기 때문입니다. 날것의 텍스트라도 텍스트가 가진 원초적인 힘을 무시할 수 없습니다. 바로 앞 상대에게 직접적으로 건네는 '말'과 같기 때문입니다. 좋은 재료는 어떻게 음식을 만들어 먹든지 맛이 좋습니다. 아, 물론 태우지만 않는다면요!

*출판물 디자인 수업을 듣고 나름의 해석으로 재정리하다.

책 읽기에 늦은 나이

개인적인 모임과 약속, 주말에는 출판물 수업으로 드문
드문 책방 문을 못 여는 시간들이 많아졌다. 그래서 이번
주 월요일은 빠진 시간을 보충하는 의미로 책방을 열었
다. 트위터에 남기긴 했지만 볼 사람도 몇 되지 않으니
별 기대 없이 어제 들었던 수업 내용을 텍스트로 정리하
는데 손님 한 분이 오셨다. 시간을 들여 조용히 책을 고
르는 모습은 연령과 성별을 떠나 어딘지 매혹적이다. 쿤
테라의 '불멸', 서머싯 몸의 '인간의 굴레에서'와 같은
고전 문학과 롤랑 바르트나 프로이트와 같은 고전 인문
학서를 구입했다. 커피를 한 잔 뽑아드리면서 고전 문학
을 좋아하느냐고 물었더니 요새 주로 읽는다면서 자신은
책 읽기를 삼십대에 늦게 시작했다고 겸연쩍어했다. 그
리고 최근에 읽는 책은 '람세스'인데 여기 책방에 이 사
람의 작품이 있어서 살까 말까 고민 중이라고 수줍게 웃
었다. 되도록 어려운 책을 많이 읽어보려고 하는데, 보통

은 쉬운 책과 어려운 책을 번갈아가며 읽는다고 했다. 자신도 나처럼 책방을 하고 싶었다고, 지금은 막연하지만 등장 인물이 가득한 장편 소설을 쓰고 싶다고 말했다. 좀 더 대화를 이어가고 싶었는데 커피를 받아들고는 홀쩍 자리를 떠났다. 늦었다는 그녀의 한마디는 서재에 앉아 있는 나를 오후 내내 겸연쩍게 만들었다.

이천십오년 삼월 이십사일

별 같은 시를 모아 책을 만들까

요즘 이상하게 자꾸 제본에 관심이 생긴다. 수많은 공정을 거쳐 한 권의 책을 만드는 과정이 실로 경이롭다. 별 같은 시를 모아 무두질한 가죽 장정으로 곱게 엮어 심장 가까이 두고 다닌다면 항상 가슴이 빛날지도 모른다. 제본에 관한 강좌가 몇 있으나 실용적인 제책 방식 위주의 수업이라 선뜻 다가가지는 못했다. 그런데 우리나라에서도 유럽의 정통 방식으로 예술 제본을 하는 사람이 있어 검색해보니 수강료가 어마무시하다. 장정가가 되려면 10년 이상 기술을 연마해야 한다. 제본을 위한 기구도 가격이 상당하다. 가내수공업으로 먹고 살 수 있다면 얼마나 좋을까. 사람들 가슴에 별과 달 같은 책을 한 권씩 달아주면서.

선별적, 보편적 복지의 문제가 아닌

누구도 차별 없이 건강한 밥상을 받을 수 있다는 것, 경쟁
사회에 내몰린 기회 균등의 상실감을 직시한다면 이보다
큰 가르침은 없다고 생각한다. 가난이라는 딱지를 붙여
밥을 먹이는 어른들의 행태는 처음부터 너와 나는 '같
다'가 아닌 '다름'을 알려주는 무섭고도 슬픈 일이다. 자
라는 아이들이 바른 먹거리를 섭취하는 것은 건강한 사
회를 구성하기 위한 밑거름과도 같다. 맞벌이로 바쁜 부
모의 밥상은 이미 식은 지 오래고, 사람의 건강을 생각하
지 않는 이기적인 식재료는 지금도 아이들의 입으로 들
어가고 있다. 안정적인 정서와, 균형 잡힌 영양을 충분히
받지 않는 아이들은 결국은 결핍된 자아로 성장할 수밖
에 없는 것이다. 경남 합천의 예처럼 교육 급식이 주는
건강한 밥상은 지역 경제의 활성을 돕는 순기능을 한다.
농산물 생산자는 그에 합당한 대가를 받고, 또 아이들이
바른 먹거리를 먹을 수 있다면 아이들의 건강뿐만 아니

라, 자연 생태계도 빠르게 회복될 것이다. 부디 정치적인 알력으로 이 같은 생태계를 어지럽히지 말았으면 한다.

이천십오년 삼월 이십칠일

부부식당 아저씨

막 전역하고 무엇을 할까 고민하다가 동네에 있는 헌책
방에서 일을 했다. 동네 학교 가는 길에 있던 허름한 책
방이 온라인 판매가 가능한 대형 매장으로 발돋움하려는
시기였다. 컴컴한 지하 공간에서 수없이 쏟아져 나오는
헌책들을 서버에 등록하는 것이 내 일과의 거의 대부분
이었다. 점심때가 되어서야 겨우 볕을 쬘 수 있었는데 그
시간이 바로 부부식당에 가는 길이다. 이름에서 알 수 있
듯이 그 식당은 아저씨와 아주머니 두 분이서 일을 하신
다. 장사가 잘 돼서 아저씨는 배달을 나가느라 바쁘기 때
문에, 일하는 아주머니를 부르기도 했던 것 같다.

각설하고, 부부식당 아저씨가 볕이 따뜻한 오후에 책방
에 오셨다. 커다란 새우깡 한 봉지를 선물로 들고. 거의
십 년 전에 헌책방 일을 그만둔 후로 그간 왕래한 일이 없
었기에, 아저씨(지금은 할아버지라고 불러도 어색하지

않은)의 방문은 놀랍고도 놀라운 일이었다. 물론 한동네 살고 있기에 소식까지는 몰라도 아직도 자리를 옮겨서 식당을 하고 있다는 것 정도는 알고 있었다. 4년의 시간. 나에겐 그저 유쾌하고 고집 있는 식당 주인의 기억으로 남았을 뿐인데 아저씨는 그렇지 않았나보다. 개업 때 일찍 와보지 못한 것을 미안해하고, 어려운 시기에 신념을 가지고 책방 일을 하는 것에 큰 응원을 보냈다. 같이 일했던 사장님과 아직도 연락을 하는지 묻고 그간의 이야기를 나에게 들려주기도 하였다.

어떤 마음으로 이곳의 책방까지 걸음하셨을까? 나는 어쩐지 알 것 같았다. 10년의 세월이 지났지만 부부식당은 아직도 따뜻한 밥을 내오고 있으며, 책방은 아직 동네에서 사라지지 않았다. 잃어버린 시간이 그렇게 찾아온다.

어른들은 그렇게 말하지 않던데

문득 이런 생각이 들었다. 요즘 아이들이 헌책방을 알까?
구경해본 적이 있을까? 아빠와 책을 구입하러 온 아이가
신기하다며 이렇게 말했다.

"여기는 왜 이렇게 책이 싸지?"

이천십오년 삼월 이십구일

봄이다

출판물 수업 때문에 평소보다 일찍 문을 닫는 날이지만, 책방을 연 이후로 오늘이 가장 바빴다. 밖에 내놓은 책들이 팔리면서 서점 안의 다른 책들도 덩달아 그 효과를 보고 있다. 보름이 넘어가는 시점에 매출이 크지 않아서 걱정을 했었는데 조금은 안도했다. 날이 따뜻해서 밖으로 나오는 사람이 많아져 그런지도 모른다. 책방을 조금씩 알아주는 사람도 생겨서 기쁘다. 책방으로 오는 아파트 담벼락에 개나리가 피었다. 봄이다.

되찾은 : 시간   4, 5, 6월

ibrary of Proust

proustbook.com

USED BOOKS
LITTLE PRESS

난로, 안녕

4월. 난로에 남은 기름을 태워야 한다. 사람이 없어도 난로가 옆에 있어서 참 따뜻했는데. 오히려 추운 4월이 될지도 모르겠다. 카드 결제 문제로 오픈 마켓을 신청했는데 머리가 복잡하다. 이미 사용하고 있는 홈페이지를 그냥 둘 수도 없고, 카드 결제만 하기 위해 따로 페이지를 만들려니 집중이 분산되는 것 같아 심란하다. 무엇보다 오픈 마켓의 정형화된 페이지가 마음에 안 든다. 돈을 들여 한 번에 옮길까도 생각했지만 그간 들인 시간과 돈이 아까워서 쉽게 결정을 내리기 어렵다. 일단 해보고 안 되면 과감하게 옮기자.

이천십오년 사월 삼일
기증받은 책

헌책방이냐고 묻는 전화가 왔다. 그렇다고 했더니 와서 책을 가져갈 수 있느냐고 묻는다. 어떤 책인지, 사진을 찍어서 보내 줄 수 있는지 물었더니 이미 포장한 상태고 어떤 책인지 자신은 잘 모르겠다고 했다. 팔 거냐고 물으니 그건 아니고 그냥 가져가란다. 단행본이고 권수가 30권 미만의 책이라고 했지만 어떤 책인지 짐작이 간다. 일단 기증의 의미가 크니 책의 상태는 크게 신경 쓰지 않고 가지러 가겠다고 했다. 무엇보다 다른 동네인 이태원에서 전화가 왔다는 게 신기하다. 가는 김에 어떻게 알고 전화를 했는지 물어볼 참이다.

자전거에 여행백을 달고 혹시 몰라 여분의 가방을 등에 메고 한강으로 나왔다. 약 30분 거리. 오랜만에 꽃이 핀 한강을 달리니 몸이 상쾌하다. 사우디아라비아 왕국 대사관 뒤에 있는 빌라인데 건물은 낡았지만 주변이 운치가 있다. 전화로 도착했음을 알리고 현관문 앞으로 갔더니 한 박스로 포장이 되어 있었다. 칼을 빌려 포장을 개봉하고 눈으로 대충 책을 살폈는데 역시 예상은 크게 빗나가지 않았다. 책들을 바로 가방에 담으면서 어떻게 이곳의 소재를 알게 되었는지 물었더니 인터넷을 보고 연락을 했다고 한다. 버리기는 그렇고 헌책방에 기증하면 좋을 것 같아서 연락을 했다고. 주변의 이웃들이 값싸게 책을 볼 수 있으니 이러한 기증은 고마운 일이라고 말씀드리자, 아직 이사온 지 얼마 되지 않아서 책이 더 나올 예정이라고 했다. 전화를 다시 주기로 약속하고 왔던 길을 되짚어 책방으로 왔다.

재활용이 안 되는 몇 권의 책은 폐지로 동네 할머니에게 드릴 생각이고, 나머지는 프루스트 스퀘어 마켓(천 원 시장)에 내놓을 생각이다. 딱 한 권 내 마음에 든 책이 있었는데 서문당에서 나온 《이서지 한국 풍속화집》이다. 지금도 팔고 있는 책이지만 표지가 다르다. 개인적으로는 99년도에 나온 이전 판의 느낌이 더 좋다. 이서지 화백은 풍속화에만 전념해온 작가로 우리나라 최고의 풍속화가로 소개되고 있다.

형식적 독립 출판

간판만 달고 있던 소규모 출판물을 취급해보려고 홈페이지를 조금 바꿨다. 요전에도 누가 입고를 하겠다고 문의 메일을 보내왔으나 답장을 보냈는데도 소식이 없다. 아직 제 목소리를 내지 않은 탓도 있지만 스스로 준비가 덜 되었다고 판단되어 선뜻 책을 맡겨달라고 말하기가 어려웠다. 리틀 프레스 수업 과정 중 유통에 대한 강의를 들었는데 마찬가지로 입고의 문제로 미묘한 감정선이 얽혀 있음을 알았다. 자신이 만든 책을 많은 이들에게 선보이고 싶고, 잘 알려진 책은 누구나 자신의 책방에 판매하기를 원하지만, 역시 대중의 선택을 받은 혹은 소개를 받은 소수만이 그 힘을 가지게 된다. 입고와 판매가 좀 더 자유로울 줄 알았던 소규모 출판물도 제작자와 판매처 간의 집중과 선택으로 집약적으로 변모하기 시작했다. 예전 서점에서 일했을 때 작은 출판사 관계자들이 내게 이렇게 말했던가? 교보문고는 말 한 번 붙이기 어렵다고.

물론 나는 누구도 비난할 생각이 없다. 당연한 생각이고 그들의 선택이기 때문이다. 다만 애써 만든 출판물과 어렵게 문을 연 작은 서점들이, 그들만의 힘의 논리로 저평가되거나 무시되는 일은 없어야 한다. 아니면 그런 잣대에 빠져 스스로를 저평가하지 않기를 나는 바란다.

이천십오년 사월 칠일

고양이 목에 방울 달기

　소규모 출판물의 입고가 시작되었다. 개시 이전에 문의가 들어왔던 책인데 드디어 오늘 책방으로 찾아왔고 책과 안내용 포스터를 건네받았다. 책방 이야기와 더불어 앞으로의 판매 방향성을 논의하다가, 책에 관련된 기획이 있어 제안을 했는데 서로 생각이 맞았는지 적극 수용하겠다는 답을 얻었다. 책을 들였지만 처음이라 입고에 대한 내용 확인증이 필요할 것 같아서 서식을 따로 만들어서 보내주기로 했다. 짧게 나눈 대화였지만 책을 만들고 판매하는 입장으로 서로 즐거운 시간이었다고 생각한다. 어제 말한 입고의 문제가 결국 정산의 문제로도 연결이 되었나보다. 누군가 그렇게 푸념글을 올릴 정도니. 제작자와 판매자의 가장 기본적인 원칙이 무너지면 당사자뿐만 아니라 이와 관련된 모든 제반에 금이 갈 것은 뻔한 이치다. 이것을 통제할 탑이 필요할지도 모르겠지만 이런 것들이 생겨나면 지금의 독립 출판이 가진 자유로움의 상징성을 깨는 것 같은 느낌이 들어 마뜩치 않다. 스스로가 자유로움을 버리고 제약을 만들어 지금의 시장을 죽이는 일은 없기를 바란다. 당분간은 입고를 원하는 출판물에만 집중해야겠다.

이천십오년 사월 십사일
공간이 가지는 생명

일요일부터 만화를 그리는 사람들에게 창작 공간을 대여
해주고 있다. 아직은 3명뿐이라 단출하지만 무엇을 만드
는 작업은 근사한 일이고 그곳이 나의 책방이라는 사실
이 기쁘다. 작업하기 좋은 공간으로 만들기 위해서 책상
의 배치를 좀 바꿨는데 오히려 공간 배열이 더 좋아진 것
같다. 6명 정도는 작업하기에 나쁘지 않은 구조가 되었
다. 책상 배치를 바꾼 김에 그동안 무관심했던 화분도 다
듬고, 소소한 작업들을 끝냈다. 홈페이지만 손대면 더 크
게 신경 쓸 일이 없을 것 같은데 쉽지 않다. 유기적인 구
조를 가지기 위해서 좀 더 생각해야겠다.

이천십오년 사월 십칠일

키다리 아가씨

100권이 넘는 기증 도서를 받았다. 책도 그냥 받기 미안
할 정도로 좋은 책들이어서 깜짝 놀랐다. 지나가다가 보
고 연락했을까? 아니면 웹 검색 중에 찾은 걸까? 기증으
로 끝나지 않고 온라인으로 도서 구입까지 하셨으니, 키
다리 아저씨(여자분이지만)가 따로 없다. 책을 통해 받은
좋은 마음이 고스란히 책을 사는 이웃들에게도 전해질
수 있도록 하는 게 내 역할이 아닐지. 기증자 이름 또는
필명을 홈페이지에 올리고 싶은데 그냥 올리기보다는 직
접 인사를 나누고 의사를 물어보는 게 좋을 것 같아서 아
직 말을 꺼내진 못했다. 한 번 방문을 한다니 키다리 아
저씨를 기다리는 소녀(남자지만)의 마음으로 책방을 꿋
꿋하게 지켜야지.

이천십오년 사월 십팔일

빨려들지

가만히 듣고 있으면 그 빛나는 눈동자에 훅,
안에서 그렇게 빛이 나는 사람이 눈을 감지 않으면.

이천십오년 사월 이십일

무심한 사람이 파는 책

어제는 만화를 그리는 창작자들의 스터디 모임으로 북적거리다가 오늘은 다시 한가로운 평일의 하루를 보냈다. 오후에 해가 들어서 기분이 잠시 좋았던 것 빼고는 멍하니 시간을 보냈다. 급변하는 날씨처럼 책방의 표정도 바뀐다. 내일 할 일을 적어두지 않으면 아마도 오늘처럼 무엇을 할지 계속 고민해야 할 것이다.

책방 시간이 거의 끝날 무렵에 오늘의 첫 손님이 왔다. 책의 매입 방법을 묻고, 이전에 사촌 언니가 여기서 옷가게를 했다며 알은 체를 했다. 오후의 넋을 놓은 여파가 컸는지 대화를 더 이끌지 못하고 수긍만 하고 말았다. 나의 건조한 화술에도 불구하고 책 두 권을 구입하고 갔다. 물론 입으로 책을 팔진 않지만 상대방이 원할 때는 어느 정도의 대화를 끌어내야 할 필요가 있다. 첫 대면에 말을 건네는 일이 쉽지 않고, 갑자기 건네는 대화를 좋아하지 않을지도 모른다. 늦게서야 아, 그때 이런 말을 건넸다면 좋았을 텐데 하는 생각이 든다. 대화를 좋아하는 사람은 기본적으로 사람을 좋아하고, 호기심이 많은 사람일 거다. 사람을 대하는 일이 내게는 어울리지 않는다고 생각하는 친구들이 있으니 어쩌면 나는 무심한 사람인지도 모른다. 그래도 이야기를 해준다면 잘 들어줄 자신은 있는데, 그런 사람임을 알기엔 너무 짧은 인연이겠지.

이천십오년 사월 이십일일

스토어팜에 헌책을 심자

스토어팜에 중고책을 올리기 시작했는데 몇 권 올리지도 못하고 지쳐버렸다. 등록 작업이야 홈페이지에서 해봤지만 한 번 날려먹은 전과도 있고, 무엇보다 작업 방법이 다르니 속도도 붙지 않아 지루하기 짝이 없다. 한 권씩 올리는데 반복해야 할 작업들이 너무 많다는 것. 물론 등록비가 무료고 관리가 편하다는 이점은 있으나 책보다는 일반적인 용품을 팔기에 적합한 시스템이다. 홈페이지와 함께 사용하기 위해 작업하고 있지만 이것마저도 번거롭다면 다시 새롭게 시작해야 하는 불상사가 기다리고 있다. 언제쯤 안정적으로 운영할 수 있을까? 3개월 간 다시 처방받은 약을 먹고 내일은 검사를 받는 날이다. 간의 수치가 많이 떨어졌다지만 아직은 안심할 수 없는 단계다. 수치가 더 떨어지지 않는다면 다시 약을 먹어야 하는 상황이라 곤란하다. 약값도 비싸고. 이번 검사가 좋지 않으면 이제는 몸만 생각하고 마음을 편히 가져야지.

여기! 책방이 있어요

보라매 병원에 다녀왔다. 검사를 위해 채혈을 하고 진단서를 끊어야 하는데 담당 의사가 오늘 출근을 하지 않은 모양이다. 한참을 기다릴 줄 알았는데 말이다. 4시까지 책방에 간다고 메모를 남겼지만 일찍 도착할 것 같다. 근처의 서점 점장님을 뵙고 올까 생각했는데 피를 빼고 났더니 기분 탓인지 힘이 들어서 관뒀다. 느긋하게 보라매 주변을 산책하다가 책을 판매하고 싶다는 전화를 받았다. 3시 반까지 가겠노라고 얘기하고 서둘렀는데 이미 와서 기다리고 있었다. 전에 메일로 매입 신청을 했던 분이라 수월하게 정산을 해드리고 커피도 한 잔 대접했다. 근처에 살다가 집값이 올라 주변의 다른 동네로 이사한다고 했다. 더 작은 평수로 가야 하기 때문에 어쩔 수 없이 책을 판매한다면서. 알라딘을 이용할까 했는데 동네에 마침 이런 책방이 있어서 이곳에 팔게 되었다고 했다. 역시 중고책은 알라딘의 주문에서 벗어날 수 없군. 얘기를 하다 보니 동네 책방의 어려움을 토로하게 되었고 귀결은 책을 읽지 않는 사회 현상으로 마무리되었다. 역시 벗어날 수 없는 수순. 이래서 이렇게 됐으니 어쩔 수 없다는 이야기를 하고 싶은 건 아니지만 가끔은 여기 책방이 있다고 외치고 싶은 마음이다.

이천십오년 사월 이십사일

이상한 심야 책방

의도하지는 않았는데 심야 책방이 되고 있다. 요즘은 거의 자정이 넘어서야 문을 닫는다. 사람이 있는 것은 아니지만 개인적인 작업과 소일로 시간을 보내고 있다. 그래도 가끔 책방에 오는 사람이 있긴 하다. 오늘도 예전에 자주 왔던 출판사 청년이 들렀다. 그동안 뜸하더니 다른 출판사로 이직했다고 했다. 워크룸이면 '제안들' 문학총서가 나오는 곳인데 그 멋진 디자인을 이 분이 하신 건가? 개인적으로 마음에 드는 디자인이다. 이상을 좋아한 것은 이상을 닮아서가 아닌데 이상을 닮았다고 하니 이상한 기분이 든다. 아무래도 책방에 걸린 구본웅의 '우인상'을 보고 이미지가 비슷하다고 생각한 모양이다. 동네 이웃 분에게도 똑같은 이야기를 들었다. 하긴 책방 이름을 '이상' 으로 지으려고 생각도 했었으니까 알게 모르게 닮은꼴이 되었는지도.

덕소 아저씨의 산행 이야기

덕소 아저씨(덕소에 산다)는 책도 좋아하지만 등산을 아주 좋아한다. 얼굴과 체격만 보면 노인이지만 말투와 몸짓의 생동감은 할아버지라는 말을 어색하게 만든다. 산을 오래 타서 그런지 몸은 왜소해도 땅에 드러난 뿌리처럼 강인하다. 덕소 아저씨는 책방 근처에서 공사를 하는 인부로, 덕소에서 여기까지 차를 몰고 와서 일을 한다. 일과 운동이 모두 강인한 육체적인 활동을 요구하는 것이기에 훌쩍 늙어버렸는지도 모른다. 여행의 방법은 다르나 스타일은 나와 비슷하여 이야기가 잘 맞는다. 같이 한 번 백두대간이라도 타볼까 하는 생각도 들었으니까. 외국의 산은 아직 관심 밖이고 국내의 모든 산을 타보고 마지막에 백두산에 가고 싶다고 했다. 이미 국토 절반 이상의 산을 섭렵했다니 그를 산처럼 볼 수밖에. 산과 여행 이야기로 시간이 훌쩍 지나버렸다. 덕소 아저씨는 나에게 산을 타고 싶다면 젊을 때 교통이 불편한 곳으로 가라고 했다. 언제라도 편하게 갈 수 있는 곳은 나이가 들어서도 가능한 것이고, 젊음은 없는 길도 만들 것임을 알고 있기 때문이다.

이천십오년 사월 이십육일

모임을 갖자!

만화 스터디 모임이 있는 날이다. 인원이 한 명 빠졌지만 새로운 회원이 들어와서 네 명의 창작자가 작업을 하게 되었다. 나의 역할은 커피를 내오거나 그 외 필요한 것들을 준비해주는 것이지만, 사람들과 제법 친해져서 스토리나 소재에 대해 의견을 더하기도 한다. 재밌는 생각들을 많이 가지고 있어서 이야기를 듣고 있으면 한참을 머릿속에 그려보기도 한다. 그림을 잘 그릴 수 있다면 지금의 상상을 잘 끄집어내어 신나게 보여줄 수도 있을 텐데. 날씨가 많이 더워져서 해가 난 부분은 오래 앉아서 작업하기가 힘든 모양이다. 어닝*의 가격이 만만치 않아서 생각을 접었는데 아무래도 여름에 힘들 것 같다. 좀 더 생각해보고 중고라도 알아봐야지. 신입 회원이 들어왔다고 삼겹살 회식에 초대받았다. 다 같이 밥도 먹고, 근처 가까운 한강으로 가서 바람도 쐬고 돌아왔다. 이런 모임이 많이 늘어나서 다양한 창작자들의 사랑방 역할을 했으면 좋겠다.

*어닝(awning) : 캔버스 · 알루미늄 · 플라스틱 등으로 만든 경량의 차양. 창이나 출입구 위쪽에 설치한다.

이천십오년 사월 이십구일
비오는 날엔 책방에서 무엇을 해도 좋지

새벽에 결국 구토를 했다. 짜장면은 당분간 쳐다보지 않을 것 같다. 아침을 먹지 않고 책방으로 오는데 비가 온다. 오전엔 딴짓 하지 않고 열심히 책을 올렸다. 이렇게만 하면 인터넷의 족쇄에서 곧 벗어날 수 있겠지. 오후에 주문해둔 조립식 책상이 왔다. 왼쪽 진열창과 함께 균형을 맞추기 위해서 구입했다. 직접 만들어야 하는 DIY 제품이라 두세 시간을 낑낑거려 완성했다. 한 번 만든 적이 있는데도 힘들다. 하단의 나무판도 같이 달았는데 원목의 결 때문인지 나사를 돌리다 갈라졌다. 무려 두 군데나. 교환을 잠시 고민하다가 튼튼해서 그냥 쓰기로 했다. 웹페이지에 책을 좀 올리고 조립식 책상을 만드니 하루가 훌쩍 갔다. 누가 방문해서 "오! 책상이 정말 멋지게 만들어졌는데요?" 하고 말해주면 더 좋겠지만.

이천십오년 오월 이일

드디어 온라인 주문

스토어팜에 도서를 올리고 있는데 오늘 처음 도서 주문을 받았다. 그것도 광주광역시에서. 이렇게 먼 거리에서 나의 책이 팔렸다는 사실이 놀랍다. 이런 것을 신기해하는 나도 웃기지만. 이럴 때 보면 인터넷이 나에게 큰 도움을 주고 있는 것처럼 히죽거리지만 인터넷의 발달로 책방이 잘 되지 않음을 상기한다면 조삼모사의 원숭이와 다를 바 없다. 근본적으로 따지고 싶은 생각은 없다. 그냥 탓이고 넋두리일 뿐. 한가한 시간들 속에 J가 놀러와서 영화를 한 편 보고 간단하게 컵라면으로 끼니도 때웠다. 검색대로 놓은 컴퓨터 한 대가 요긴하게 잘 쓰인다. 내일 있는 스터디 모임에도 활용할 수 있도록 구상을 해야겠다.

이천십오년 오월 오일

어린이가 아니라 슬픈 하루

어린이날인데 참 조용하게 보냈다. 예전 서점에서 일했
을 때는 동물 탈을 뒤집어쓰고 아이들을 반기거나, 풍선
을 불어 건네주는가 하면, 동요를 한껏 틀어 분위기를 자
아냈는데 여기선 아이들 얼굴 보기도 힘들다. 다들 교외
로 빠져나간 주택가 도로에서 무엇을 하기에도 그렇겠지
만. 천 원 한 장 팔아도 오간 손님이 셋은 넘었으니 됐다.
쉬는 날이 많아 오히려 판매가 많이 떨어지긴 했지만 이
번 달도 간신히 월세를 넘길 수 있을 것 같다. 시간이 참
빨라서 책방을 시작한 지 반 년이 되어간다. 시간이 지날
수록 여유가 있을 줄 알았는데 아직도 마음이 불안하다.
어린이날을 보내고 더 늙은 내가 되어버린 것 같은 슬픈
하루다.

이천십오년 오월 칠일

향기 나는 책방이 될 것인가

무엇이든 의무감으로 하면 타성에 젖게 마련이다. 책방에서 일어난 일들을 꼼꼼하게 기록하기로 마음먹고 일기를 쓰고 있지만 요즘은 하루 늦은 일기가 되고 있다. 특별한 일이 없으니 적을 것이 없다. 생각 없이 책방을 운영하고 있다는 반증이겠지. 의욕이 반감되지 않도록 손을 놓지 말자. 생각을 놓지 말자. 전화를 한 통 받았는데 천연 아로마 디퓨져를 만드는 업체(?)에서 숍인숍 개념으로 물품을 진열하고 싶다고 한다. 일단 책방에 진열하기에 나쁘지 않을 것 같아서 긍정적인 대답을 했더니 다음 날 담당자가 방문하여 자세하게 설명을 해주겠다고 한다. 여긴 어떻게 알고 연락을 한 것일까? 매장을 검토후 판매 가능성을 확인하고 연락을 하는 것도 아니고. 요즘의 영업 방식은 이해하기 어렵다.

이천십오년 오월 팔일

선의를 가장한 거짓

약속 당일 아로마테라피 업체의 담당자가 방문했다. 나이가 좀 지긋한 남자인데 명함엔 본부장이라고 적혀 있다. 바구니엔 아로마를 이용한 제품들이 담겨 있다. 비누, 디퓨져, 향초. 자리를 권하고 이야기를 들어보려는데 담당자가 대뜸 자리가 외지고 한적하여 판매가 될지 모르겠다며 걱정스럽게 말했다. 그래서 괜한 시간적 낭비와 감정적 소모를 막기 위해 나 역시 그렇게 생각하고 있으며 매출로 쉽게 이어지지 않을 것이라고 맞장구를 쳤다. 이것으로 이야기는 종결되나 싶었는데 제품에 대한 이야기를 한다. 아로마 제품을 판매하려면 이것에 대한 관심과 열의가 필요하다고 했다. 아로마테라피는 말 그대로 향기 치료이기 때문에 단순한 방향제의 역할이 아닌 치료 목적으로서의 지식 습득과 그에 대한 적절한 안내가 동반되어야 매출로 이어진다는 말이다. 듣고 보니 열의가 생긴다. 자리가 적절치는 않지만 한 번 해보겠다면 300만 원 상당의 아로마 제품을 무상으로 지원하며 각종 광고 및 배너, 원목으로 만든 진열장도 설치한다고 했다. 대신 계약금 25만 원을 내야 하고 12개월 카드 결제로 해줘야 한다고 했다. 3개월 운영해보고 20만 원 정도의 매출이 나오지 않는다면 물품을 뺄 수밖에 없다고 한다. 계약금은 물품을 뺄 때 원금으로 돌려준다고 했다. 어디서 많이 들어본 이야기다. 지난번에 방문했던 인터파크 로컬과 별반 다를 바가 없다. 일단 어떻게 나오는지 들어보려고 궁금한 점을 물었다. 3개월 운영해봤자 이야기한 매출은 나오지 않을 게 뻔한데 굳이 할 필요가 있느냐고 했더니, 담당자는 홍보를 위해 파워블로그도 운영하고 있으며 가게에도 현수막을 제작하여 달아준다고 한다. 역시 말만 떠돈다. 지금 상태에선 무엇을 해도 그만한 매출은 힘들 것 같으니 위탁을 제안했다. 그랬더니 위탁을 하면 통계상 100% 실패할 수밖에 없다고 했다. 무엇보다 제품에 대한 열의가 떨어져 판매에 소극적이기 때문이란다. 또한 도중에 사라지는 가게들이 많아서 위탁은 하지 않는다나. 판매 수익은 어떻게 결정되냐고 물었더니 무상 지원 물량은 100% 나의 수익으로 가져가고, 이후는 50%의 마진으로 계산이 된다고 했다. 처음엔 이

해가 되지 않았다. 그러니까 결국 무상 지원 물품은 내돈으로 구입하여 판매하는 것이다. 25만 원이라는 계약금은 12개월 할부가 아니라 매달 25만 원을 내야 한다는 계산. 이것을 12개월로 따진다면 300만 원이라는 금액이나온다. 추측컨대 판매 부진으로 물품을 빼는 사태는 없을 것이다. 내가 해지를 하고 싶어도 그렇게 되지 않을 거니까. 역시나 다짜고짜 매장을 방문하겠다는 업체는 믿을 수가 없다. 또한 인터파크 로컬 같은 수법과 너무 닮아 있다. 업종과 형태만 다를 뿐 계약 조건과 이행 방법은 차이가 없다. 앞으로도 좀 더 교묘하고 기술적으로 바뀌겠지. 설사 이 계약으로 수익에 도움이 되었다고 하더라도 이는 업장과 업종이 우연히 잘 맞아떨어진 것일 뿐, 선의를 가장하여 남을 속이는 행위나 다름없다.

이천십오년 오월 십삼일

가오나시

오후에 SH가 잠깐 들렀다. 그 이후로 손님은 들지 않았다. 책은 올리다가 말았다. 그냥 귀찮아졌다. 인터넷을 들어가면 사건 사고가 뚫린 하수구처럼 쏟아진다. 냄새 나고 지저분한 이야기들이 끈적하게 달라붙는다. 비슷한 사고의 층들이 쌓여 하나의 큰 덩어리가 된다. 분노, 경멸, 비하, 시기와 같은 감정들이 얼굴 없는 괴물인 가오나시를 만든다. 여기저기 생겨나는 소용돌이처럼 얼굴없는 괴물들이 만들어지고 싸운다. 서로의 몸집을 불리기 위해 전파는 대립된 감정들을 가진 사람들을 불러 모아 잡아먹는다. 그저 상대의 감정을 처절하게 짓밟는 진흙탕 싸움. 노트북을 닫았다가 다시 열면 가오나시가 입을 열고 있다.

이천십오년 오월 십오일

대접받고 싶으면

동네 꼬마 셋이 놀러왔다. 한 녀석이 종종 오는 이웃의
아들인데 가끔 만화책을 보러 오기도 한다. 같은 반 친구
들인지 자신이 단골로 온다며 책방을 구경시켰다. 그래
도 손님인데 손을 놓고 있을 수 없어서 과자와 음료를 차
렸다. 처음엔 과자도 먹고 틀어놓은 지식채널을 열심히
보는가 싶더니 갑자기 컴퓨터를 쓰고 싶다고 한다. 그래
서 허락했더니 괴상한 동영상을 보질 않나 두 녀석은 휴
대폰 게임을 하느라 정신이 없다. 복작거리는 게 싫지 않
아서 그냥 됐는데 아이들이라 소리가 크다. 과자와 음료
가 떨어져 리필을 요구하고 돈을 받는지도 물어본다. 아
직 어린이라서 그럴 수 있다고 생각하지만 손님으로서
자세는 엉망이다. 요즘의 어른은 어린이에게 모든 것을
용납하고 납득하는 경우가 많다. 하지만 때에 따라 우선
해야 할 것이 있다. 손님으로 대접받길 원하면 어린이가
아닌 손님으로 행동해야 하고, 미술관을 구경하려면 어

린이가 아닌 관객으로 행동해야 한다. 이것이 어린이에게만 해당된다고 생각하는가? 어른도 예외가 없다.

이천십오년 오월 십칠일

과자 값

 꼬마 녀석들이 오늘도 왔다. 이러다가 단골 아지트가 될 판이다. 일단 어떻게 행동하는지 보려고 무심하게 책을 봤다. 잠시 머뭇거리다 나지막이 들려오는 꼬마 녀석의 과자를 달라는 부탁. 잠시 할 말을 잃었지만 쉽사리 이야기를 꺼내지 못한 점을 참작하여 떠들지 말고 조용히 과자를 먹을 것을 부탁했다. 어제와 다른 책방의 분위기에 쉽게 떠들지 못하고 각자 책을 읽는다. 잠시 뒤에 이어지는 과자 리필 요구. 콕 집어 초코칩 쿠키를 달라고 한다. 주는 것은 어렵지 않지만 부탁의 조건과 맞지 않기 때문에 그냥 줄 수 없었다. 그래서 시를 쓸 줄 아느냐고 물었다. 다들 멀뚱하게 나를 쳐다본다. 시를 쓰면 과자를 주겠다고 했다. 이 시는 과자값이라고. 나의 제안에 잠시 당황하는 것 같더니 이내 써보겠다고 이야기한다. 메모지와 연필을 주고 책을 읽는데, 자기들끼리 어떻게 써야 할지 고민하면서 쑥떡거린다. 한 녀석은 몰래 시집이 있

는 책장을 기웃거리기도 한다. 이윽고 고민한 시를 하나
씩 가져왔다. 한 녀석은 엽서에 있던 시를 몰래 따라 적
기도 하고, 한 녀석은 두 편이나 썼다며 자랑스럽게 말했
다. 가장 재밌게 읽었던 시,

과자의 조건

과자를 먹으려면
시를 써야 한다.
지금 내가 쓰는 시가
과자 봉지를 뜯을 수 있을까?
우리는 과자를 격렬하게 원하고 있다.

이천십오년 오월 이십일일

책방의 사슴

말간 눈 동그랗게 뜨고
조용히 다가가
누인 풀을 조심스럽게 훑어
골라 먹고
사라진 숲은 고요하다

이천십오년 오월 삼십일
여행을 다녀와서

3박 4일 일정의 일본 여행을 마쳤다. 오후에 책방으로 돌아와서 가장 먼저 한 일은 온라인 주문 처리다. 급하게 우체국을 다녀와 숨을 돌리는데 마음이 공허했다. 오랜만에 돌아온 책방은 반갑다기보다 그냥 먹먹했다. 그것은 책방의 문제가 아닌 분별의 문제. 타인의 관점에서 볼 때 나의 여행은 분별력이 없다고 생각할 수 있다. 우리가 생각하는 일반적인 여행의 관점과는 크게 벗어나 있기 때문이다. 물론 나는 그런 것이 싫어서 여행을 다녀왔지만 나 역시 그런 관점에서 크게 자유로울 수는 없었다. 그런 태도가 스스로를 공허하게 만든 것일 게다. 이번 여행이 만족스럽지는 않았다. 그렇다고 여행이 그저 그랬던 것도 아니다. 그냥 보통의 여행이다. 그런 보통의 여행을 계속 갈 수 있도록 특별한 차원에서 나 역시 창작자들과 같은 입장으로 잘 되기를 바라기 때문이다. 그런 입장을 생각한다면 서로가 배려를 할 수 있어야 한다. 제

공자라는 이유로 나의 배려를 당연한 것처럼 받아들여
요구만을 원할 때 수평적 관계는 깨어지게 된다. 수익의
문제가 아니라 기본의 문제다.

이천십오년 유월 일일

책방에 모임 만들기

며칠 여행을 다녀왔기에 월요일이지만 책방을 열었다.
썬이 놀러와서 이야기를 하고 있는데 여자 손님이 한 분
왔다. 책을 고르고 시원한 커피를 한 잔 대접했는데 무척
좋아한다. 근처에 사는데 독서 모임도 하냐고 묻는다. 마
침 준비를 하고 있으니 시간이 되면 참여해달라고 부탁
했다. 모집은 나중에 홈페이지를 확인하면 될 것 같다고
했지만 시일이 불투명하니 연락처를 받을 걸 그랬다. 막
연한 독서 모임에 의논할 사람이 필요하다는 것을 뒤늦
게 깨달았다. 하면 어떻게든 되겠지만 적어도 시작하기
전에 형식은 갖춰야 하지 않을까. 어떤 형태이건 서로가
소통할 수 있는 모임이기를 희망한다.

이천십오년 유월 오일

내일 손님은 없으나 날씨 맑음

여행을 다녀와서 무기력에 빠진 것 같다. 그래도 시간은
잘 가고. 해야 할 것들이 손이 닿지 못한 책 위의 먼지처
럼 쌓인다. 오랜만에 출판사와 제작자에게 입고 문의를
받았다. 입고에 문턱을 달았더니 문의가 많지는 않다. 그
래서 이렇게 문을 두드리는 사람이 있으면 반갑게 열어
주게 된다. 책이 팔리면 더 좋겠지만. 오늘은 손님 한 분
이 내가 권한 녹차도 마시고 책 한 권을 구입해 갔다. 자
리에 앉아 꽤 긴 시간을(그래봐야 20분 남짓) 책방에 있
었는데 어떠한 위화감도 없었다. 이제는 뜸한 손님도 보
통의 일상처럼 편하게 느껴지는 모양이다. 내일은 오늘
보다 좀 더 즐거운 일들이 기다리고 있을 것 같다. 책방
에 오래 앉아 있으니 예지력도 생긴다.

이천십오년 유월 육일

책으로 다시 만난 인연

두 달 전쯤 함께 리틀 프레스 수업을 같이 들었던 원영님이 사진집을 출간하여 서재에 입고를 하고 싶다고 톡을 보내왔다. 너무 반갑고 놀라워서 축하를 담아 방문을 환영했다. 오후에 뵙기로 하고 그냥 있을 수 없어서 간만에 서재를 부지런히 쓸고 닦았다. 무기력하게 잠식되어 있던 책방지기의 본능이 살아난다. 수업을 함께 들었을 땐 적극적인 관심의 표명이 없어서 이런 결과물을 가지고 올 줄은 몰랐다. 수업 마지막 시간에 다른 과정을 청하는 모습을 보고도 그런 생각을 못했으니까. 책방엔 금방이라도 오실 줄 알았는데 해가 길어져서 볕의 꼬리를 길게 늘일 때 친구분(?)과 함께 오셨다. 오랜만에 다시 얼굴을 보니 정말 옛 동창이라도 만난 기분이다. 책방이 기대했던 것보다 좋아서 놀랐다고 했다. 정체성이 흔들리고 있는 헌책방이니 그럴 수도 있겠다. 다른 책방에도 입고했냐고 물었더니, 스토리지북앤필름을 거쳐 오늘은 여기만

할 생각이란다. 커피를 한 잔씩 내어드리고 사진집을 보는데, 한 장씩 넘길 때마다 놀라웠다. 꽤 긴 시간, 긴 해를 지나 남겨진 사진들이기 때문이다. 그리고 더 놀라운 것은 하던 일을 그만두고 1인 출판사 대표님이 되었다는 것. 책방이 잘 안 되면 영업 사원으로 들어가겠다고 농담 삼아 이야기했지만 정말 그렇게 해도 좋을 것 같은 기분이 들었다. 왜냐하면 만든 책을 보면 그 사람이 보이기 때문이다. 더 깊은 이야기를 했어야 하는데 오전부터 이어지는 두통 때문인지 행동과 말이 두서가 없었던 탓에 짧게 해후했다. 선물로 받은 책 뒤엔 책방의 번창을 기원하는 글이 시원하게 적혀 있다. 두통이 점점 사라진다.

이천십오년 유월 구일
바쁘고 충만한 하루

오전에 약속을 잡았던 〈비블리아*〉 기자가 방문했다. 책
에도 관심이 많으며 영화학도이기도 한 그녀는 개인적으
로도 프루스트의 서재에 관심이 컸다. 마지막으로 참여
했던 영화가 '마담 프루스트의 비밀 정원'이라서 같은
이름이 주는 친밀감이 서재의 호기심으로 자연스럽게 이
어진 것이기도 했다. 관심사가 비슷하여 별다른 주제를
꺼내지 않더라도 책과 서점에 관련된 다양한 이야기를
할 수 있었다. 좀 더 자세하고 구체적인 인터뷰는 서면으
로 전달하기로 약속했기에 구석구석 찍은 사진으로 일정
을 마무리했다. 7월에 기사가 나가지만 밀리면 8월로 늦
춰질 수 있다고 했다.

기자가 돌아가고 동네 사는 썬이 책방을 방문하여 탕수
육을 함께 먹었다. 고민 많은 썬의 이야기를 듣느라 오후
의 일정이 촉박해졌다. 썬이 돌아가고 남은 3시간 반 동

안 주문 들어온 책을 우체국에 가서 부치고, 메일로 인터뷰 질문지에 답을 달아 약속한 시간에 간신히 보내고, 오후에 택배로 받았던 소규모 출판물의 부수를 확인하고 답 메일을 보냈다. 함께 동봉된 애정 어린 엽서에서 멀리 있지만 만든 이의 따뜻한 마음을 볼 수 있었다.

*비블리아(Biblia) : 책을 좋아하는 사람들에게 올바른 책을 선택하는 방법과 책을 통해 지식의 숲을 여행하도록 안내하는 잡지다.

책방을 하길 잘했어

재고 문의 전화 한 통을 받았다. 책이 있음을 확인하고
계좌로 입금을 받은 후 보내주기로 했다. 온라인으로 주
문하면 번거롭지 않을 텐데, 뭐 사정이 있겠지 싶었다.
한참 뒤에 문자를 한 통 받았는데 전화주신 분이다. 절판
된 책이라 구할 길이 없었는데 이렇게 중고라도 구할 수
있어서 고맙다는 내용이다. 그러면서 더운 여름에 아이
스커피라도 한 잔 사먹으라며 책값을 더 입금하고 꼭 착
불로 보내라고 신신당부했다. 가지고 있는 책 한 권이 오
늘 하루를 무덥지 않게 만든다.

Interview: Seoul bread shops
aged 3 years and younger

이천십오년 유월 십육일

내가 소모임의 일원이었다면 어땠을까

관계를 유지한다는 것은 서로 간의 약속과 신뢰를 바탕
으로 한다. 내가 안다고 해서 또 그 사람이 나를 안다고
해서 합의점이 저절로 찾아지는 것이 아님을 깨닫는다.
어떤 것은 마땅히 이해를 해줄 수 있는 부분이라고 생각
했지만 상대방은 이미 다른 부분에서 이해를 구했을지도
모른다. 지금은 그냥 어쩔 수 없는 상황이었다고 체념할
뿐. 일요일 소모임은 더 이어가지 않기로 했다. 외부 작
업으로는 꾸준한 참석이 어렵다는 설명에 그냥 수긍했
다. 들쑥날쑥한 인원의 문제가 아니라도 서로의 방식 차
이가 이해의 과정을 넘어섰기에 나도 그만 지쳐버렸다.
다만 이 모임이 꾸준히 정착되지 못한 것은 나의 운영이
미숙한 탓도 있음을 시인해야 한다.

만화 입고

어제 만화책을 잔뜩 구입했다. 그중 관심 있는 만화가 있
어서 몇 권 읽었다. 《당신은 거기 있었다》, 《신 이야기》,
《안녕이란 말도 없이》. 《쥐》는 두 권짜리로 예전에 읽었
는데 다시 읽어볼 생각이다. 만화책으로 유일하게 퓰리
처상을 받은 작품이다. 현재는 합본으로 재출간되었다.
《안녕이란 말도 없이》, 우에노 켄타로의 작품이다. 젊은
나이에 아내가 병으로 죽고 난 후의 이야기를 사실적이
고 솔직하게 담고 있다. 마주한 짧은 생의 이별을 겪고
난 후의 심정을 들여다볼 수 있는 아름다운 작품이다. 고
다 요시이에 작품인 신 이야기도 괜찮았다. 어설픈 철학
으로 신의 존재를 말하지 않는다. 신은 우리가 관계한 모
든 것에 있음을 재밌게 그리고 있다. 이를 설명하는 결말
부분은 어디선가 많이 본 표현이긴 한데 무리는 없다고
생각한다. 윤태호 작가의 만화는 말해야 입 아프고.

책방의 존재가 갖는 의미

전국의 작은 책방을 소개한 《북 샵 인덱스》가 도착했다. 책방의 사진과 연락처, 홈페이지, SNS 정도만 소개되는 간략한 구성이다. 책방의 특징이나 별다른 소개가 없어서 좀 밋밋하지만 동네에 이런 책방이 있음을 보여주는 책자로는 환영할 일이다. 다음에 만들어질 책자엔 더 다양하고 재밌는 책방들이 동네에 생겨나 소개되었으면 좋겠다. 오후에 이다의 양원영 대표님에게 연락이 왔다. 그나마 가지고 있는 소규모 출판물의 유일한 판매 기록이 있어서 부담이 덜하다. 재고가 거의 소진된 상태이므로 주말에 뵙고 입고를 받을 예정이다. 발길이 뜸한 동네 서점이지만 사진 전시회도 의논하여 간소하게 치러볼 예정이다. 성공적으로 무엇을 성사시키는 것도 필요하지만 책방으로서의 의미를 지속적으로 생산하고 부여하는 것이 지금은 중요할지도 모른다. 내가 낙담하기 시작하면 책방은 힘을 잃는다.

이천십오년 유월 이십사일

이웃의 아이스크림

책방에서 내가 기대하는 순간은 이런 것이다. 책이 엄청
나게 팔려서 침을 묻혀가며 돈을 세거나, 유명 작가와 강
사들이 나의 서점에 들러 강연을 하고, 다양한 언론 매체
에서 책방을 앞다투어 소개하는 것이 아닌, 누군가가 허
물없이 나의 책방을 찾아주고 있다는 사실을 내가 확인
하는 순간이다. 그것은 오늘 오후에 일어났다. 책을 선별
하느라 정신이 없던 중에 문이 조심스럽게 열렸다. 책방
을 열면서 잊지 않고 가끔씩 찾아오는 이웃의 모녀가 있
는데 그 초등학생 딸이 들어온 것이다. 왜 혼자 들어왔을
까 의아하게 생각하며 문 밖을 보는데 엄마는 들어오지
않고 딸을 보고 있었다. 꼬마는 나에게 조심스럽게 다가
와 부끄러워 말도 제대로 붙이지 못하고 한 손에 들고 있
던 아이스크림을 내밀었다. 그제서야 나는 모든 것이 이
해가 되었고, 활짝 웃으며 꼬마에게 고맙다는 말을 전해
주었다. 지나가는 길에 잠깐 들러 아이스크림을 전해준

것뿐이지만 그것은 내가 책방을 하면서 가질 수 있었던
가장 큰 기쁨이었다.

이천십오년 유월 이십육일

아름다운 서명

오전에 썬의 부탁으로 법원에 들렀다가 왕십리에서 점심을 먹었다. 돌아오는 길에 근처 유니클로에서 린넨 셔츠를 한 벌 구입했다. 오후 들어서 비가 그쳤고 2,000원 미만의 책들을 밖에 내놓고는 온라인 주문이 한 건 있어서 우체국에 다녀왔다. 근처 병원에서 물리치료를 받고 온 엽이 팀복을 전해줄 겸 놀러왔다. 운동만 함께하는 사이라 개인적인 왕래는 없어서 이번에 처음 방문했는데 생각했던 이미지와 달라서 놀란 눈치다. 이야기를 나누던 중 책을 판매하려고 손님이 왔다. 요즘 자주 오시는 분들인데 꽤 재밌는 소설과 만화책을 가져오신다. 기다리는 동안 아이스커피를 한 잔씩 내어드리고 정산을 했는데 4만 원 가량의 금액이 나왔다. 근래에 가장 많은 매입 금액이다. 책도 두 권 구입하고 가셨다. 엽과는 농구화와 여행 이야기로 꽤 긴 대화를 나눴다. 중간에 엄마와 꼬마 손님이 어린왕자를 한 권 구입했고, 엽이 돌아간 뒤로도 밖에 내놓은 천 원 도서가 한 권 팔렸다. 저녁엔 춘이 슬 개골 보호대를 받으러 퇴근 후 들렀다. 종종 오시는 이웃 집 아줌마가 방문하여 책 한 권을 구입했다. 그리고 마지 막으로 술에 취한 아저씨 한 분이 문을 열고 들어왔는데 책을 대충 둘러보지도 않고 진열대에 있는 책 두 권을 집 어서 가져오신다. 그중 한 권이 세트 상품이어서 말씀을 드리니 전부 구입하겠다고 카드를 내민다. 혹 술에 너무 취해서 구입하시는 것은 아닌지 걱정되었다.

매일 집으로 들어가는 길에 이 책방을 보고 있는데 이 외 로운 싸움(?)에 고생이 많다고, 그 말이 하고 싶어서 들어 왔다고 한다. 소싯적엔 싸움질에 일만 저지르고 다녔고, 유식한 친구의 충고는 그땐 무슨 말인지도 이해하지 못 했다며 후회하셨다. 말이 길어져서 미안하다고 허리를 몇 번 숙이다가 아직 못 다한 말이 남았는지 멈칫거리며 다시 말을 꺼냈다. 요즘 사람들은 지하철이고 어디고 스 마트폰에만 몰두할 뿐 책을 보는 사람이 없어서 걱정이 라고 했다. 자신은 지금도 공사장에서 일을 하면서 뺨을 맞는다고. 육체적인 것이 아니라 정신적으로 그렇다는 이야기다. 그래서 매일 술을 마신다고 하셨다. 술에 취해

서인지 중간에 생략된 말이 있지만 어떤 말을 하고 싶은
지는 짐작할 수 있었다. 말이 너무 길어져서 연거푸 미안
하다고 머리를 숙이고는 문을 나섰다. 외롭고 슬픈 말들
이 한참 동안 책방에 머물렀다. 카드 서명을 해달라고 했
을 때 아저씨는 어쩔 줄 몰라했다. 자세히 보니 오른쪽
손가락을 두 개 잃었다. 대신 내가 손가락으로 원을 두
번 그려 서명을 했는데 아저씬 가장 아름다운 서명을 봤
다고 말했다. 아무것도 아닌 나의 낙서가 아저씨에겐 가
장 아름다운 서명이 되었다.

이천십오년 유월 이십칠일
부적 같은 책

인터뷰를 했던 〈헤드에이크〉의 폐간호가 나왔다. 다른
사람이 만든 책에 내 이야기가 실렸는데 기분이 묘하다.
그때는 신경써서 답을 했다고 생각했지만 항상 뒤늦게
보면 쑥스럽고 민망하다. 특히 말과 글에서 나는 유연하
지 못하고 딱딱하다. 워낙 재미없는 인간이어서 그런지
도 모른다. 증정본을 빼고 남은 부수는 현매로 구입했다.
나에겐 부적 같은 책이니 편하게 두고 팔아야지.

이천십오년 유월 이십팔일
형님의 강좌 모임

같이 운동하는 형님이 주최하는 강좌가 있어서 바쁜 시간을 보냈다. 책방에 도움을 주려고 일부러 잡은 모임이라 신경을 써야 한다. 연령대도 높아서 조심스럽다. 날이 굉장히 더워서 에어컨을 최저치로 내렸지만 열띤 강의로 상당히 덥게 느껴졌다. 예상한 시간을 훌쩍 넘어서 진행이 될 정도로 이야기가 끊이지 않았다. 책방의 와이파이는 무료로 풀린 것을 잡아서 쓰는 것이라 그 외 노트북에서는 쓸 수 없다는 게 진행상의 큰 문제였다. 이런 모임이 지속된다면 아무래도 인터넷 설치를 고려해야 할지도 모르겠다. 강의가 끝나고 생각보다 많은 대여비를 받아서 좋았지만 또 한편으로 미안했다. 조만간 형에게 한 잔 대접해야지. 그리고 늦게 끝난 강의 때문에 사진집을 주려고 온 양원영 작가님이 어쩔 수 없이 동네 산책을 하게 되었다. 7월 중에 사진전을 하기로 섭외하고 조금 일찍 하루를 마무리했다.

이천십오년 유월 삼십일
사진 전시회 준비

썬이 몇 가지 책을 가져왔다. 고마움에 아이스커피를 한 잔 내려주고, 사진 전시회에 쓸 사진집의 커팅을 부탁했다. 미리 달아보려고 노끈과 집게도 사왔다. 사진을 집은 집게에 투명 양면 테이프를 붙여서 벽에 붙여주고, 노끈으로 길게 이어 사진을 집은 집게를 순차적으로 달면 간편하고 이쁘게 사진전을 할 수 있겠다. 벽 하나를 시험 삼아서 해봤는데 나쁘지 않다. 동선만 잘 파악해서 사진을 걸어두면 분위기가 있을 것 같다. 포스터와 빔 프로젝터만 제대로 준비하면 첫 사진 전시회가 시작된다. 결과야 어떨지 모르지만 해보는 게 중요하니까.

되찾은 : 시간   7, 8, 9월

ibrary of Proust

proustbook.com

USED BOOKS
LITTLE PRESS

이천십오년 칠월 일일
전시회 그리고 인터뷰

오전에 썬에게 부탁했던 사진집이 커팅되어 왔다. 남거나 모자르지 않게 커팅이 잘 되었다. 임의로 커팅된 사진을 전시했는데 종이가 두껍지 않아서 긴 시간을 세워두면 모양이 살지 않을 것 같다. 벽에 붙이거나 집게로 달아서 전시하는 편이 낫겠다. 제일 큰 문제였던 포스터는 작가님이 손질을 잘해주셔서 다시 만들 필요가 없을 것 같다. 인쇄 후에 전시 일정을 홈페이지와 웹으로 홍보하면 대략의 준비는 끝난 셈이다. 세세한 부분은 기획을 마무리하기 전에 작가님과 사전 미팅을 하면 될 것이다.

오후 늦게 밥을 먹을 요량으로 집에 갔는데 메일이 한 통 왔다. 출판사로부터 인터뷰 요청이다. 전국으로 작은 서점들이 생겨나면서 이를 소개하고 알리려는 매체가 많이 생겨나고 있다. 작은 서점들이 저변의 독서 인구를 늘리는 중요한 역할을 한다고 생각하면 더 많은 관심과 협조가 필요한 때이다. 다만 지금의 관심이 단발성으로 끝나지 않기를 바랄 뿐이다.

이천십오년 칠월 이일

언젠가 한 번은 들어올 사람들

낯익은 사람들이 찾아주고 있다. 얼굴을 잘 기억하지 못
해서 처음에 들어올 땐 잘 몰랐는데 자세히 보면 낯이 익
다. 대부분은 짧은 시간에 책만 구입하기 때문에 별다른
대화가 없지만 이렇게 다시 찾아주면 반갑다. 마지막에
온 손님 한 분은 지나가면서 꼭 한 번은 들르고 싶었다고
말씀해주셔서 기뻤다. 그냥 무심코 지나가는 사람들이
아닌 언젠가 한 번은 오고 싶은 마음으로 지나치고 있다
고 생각하면 조급해하지 않고 책방을 할 수 있겠다.

시간이 지금도 간다

집에서 가져왔던 선풍기의 상태가 좋지 않아서 새로 구입했다. 타워팬 형태라 바람의 세기를 걱정했는데 생각보다 시원하고 소음도 적다. 무엇보다 회전 공간이 많이 필요하지 않아서 벽에 붙여 사용하기도 좋다. 원래는 테이블 위에 올려놓고 사용하려고 했는데 약한 바람으로는 내 책상까지 닿지 않아서 그냥 중간에 두고 사용해야겠다. 선만 잘 정리해두면 보기에도 나쁘지 않으니까. 며칠 책방에 신경을 쓰지 않으면 금방 티가 난다. 매출과 별개로 무엇인가 진전되지 않은 기분이라 그런지도 모르겠다. 생각의 속도를 따라가지 못하거나, 같은 걱정이 반복되는 경우가 그렇다. 절실함이 부족해지는 것은 위험하다. 시간이 지금도 간다.

이천십오년 칠월 팔일

부진의 늪

썬이 수박을 잘라왔다. 썬이 있어 여름이 외롭지 않다.
내가 내려준 걸쭉한 아이스 아메리카노를 한 잔 쭈욱 들
이켜고 불면의 낮을 보내러 갔다. 4일부터 온라인 주문
한 건 제외하고 판매가 없다. 오늘도 팔리지 않으면 5일
째가 된다. 다행히 꼬마 손님이 판매 부진의 늪에서 나를
구했다. 4,000원이 오늘 매상의 전부지만 슬프지 않다.

숨어볼까

밤이 되어도 덥다. 온라인에 책을 올리고 대부분의 시간
을 딴생각과 바꿨다. 이를테면 책방에 내가 숨을 공간이
필요하지는 않을까. 좁은 공간에서 누군가의 시선에 부
담을 갖지 않기란 쉽지 않을 것이다. 주의를 기울이지 않
으려고 시선을 다른 곳에 둔다고 해도 내가 드러나 있는
이상 의식화는 진행되어버린다. 열린 책장을 앞에 둘까
생각하지만 행여나 공간이 더 좁아 보일까 망설이게 된
다. 일단 숨어볼까. 누가 찾으면 마술처럼 갑자기 나타나
서….

비가 온다고, 집에 가자고

더위 탓에 잠을 설쳤다. 더위의 기세는 오늘도 계속되었고 그만 맥이 탁 풀려서 무엇 하나 제대로 할 수 없는 상태가 되었다. O이 주고 간 산세베리아가 새 식구로 왔는데 얼굴도 제대로 봐주지 못했다. 춘이 놀러와서 닭강정을 함께 먹었다. 이후에 매입 한 건이 있었는데 정산을 실수하여 두 번 걸음하게 만들었다. 이런 날은 일찍 쉬는 게 좋겠다. 일기를 쓰는데 누군가 문을 두드린다. 비가 온다고, 들리지 않는 목소리로 하늘을 가리키고 총총히 집으로 가신다. 비가 온다고, 밖에 있던 책들은 책방으로 들어가고 나도 이만 집으로 들어가야지.

이천십오년 칠월 십오일

스타트!

이번 달 말에 있는 양원영 작가의 사진전을 알리기 위해
포스터를 출입문에 게시했다. 관심 있게 보는 사람들이
많지는 않겠지만 일단 시작하는 데 의미가 있는 것이니
다른 것에 신경 쓰지 말자. 낭독 모임도 인원이 모이지
않아서 아직 진전되지는 않지만 관심을 가지는 사람도
있고, 이를 계기로 '소리탐정 전윤권'의 낭독 공연에도
초대를 받았다. 작은 책방과 함께 할 수 있는 방안에 대
해서도 고민해보자는 반가운 제의도 있으니 '시작'의 중
요성을 다시금 깨닫는다. 오늘 월세를 내고 남은 돈은 거
의 없지만 다음 월세를 위하여 다시 스타트!

이천십오년 칠월 십육일
서재에 봄날이 온다면

출판사 남해의봄날과 신규 거래를 시작했다. 작은 책방을 배려하고 사람들이 친절해서 마음에 들었다. 단지 출판으로 끝나지 않고 지역의 발전과 협력을 위해 노력하는 점은 본받아야 한다. 작은 거래지만 지속적인 관계를 맺을 수 있기를 희망한다. 지금은 책방을 꾸리는 데 힘을 다해야겠지만 욕심이라도 마음이 맞는 좋은 사람들과 출판사를 차려 열의와 정성이 가득한 책 한 권을 만든다면 정말 좋겠다.

이천십오년 칠월 십칠일
그치지 않는 비

별일 없이 오늘도 지나가나 했는데 오랜만에 반가운 손님이 왔다. 인문학 고전 및 철학서를 선호하는 분이라 항상 비슷한 맥락의 도서를 잔뜩 구입하고 간다. 이번에도 읽어야지 하고 생각해둔 도서들을 콕 담아갔다. 마음 속에 담아둔 다른 책들을 얼른 읽고 소개하면 좋을 것 같다. 분발해야지.

낭독 모임을 희망하는 첫 회원이 방문했다. 푸드스타일리스트인 W는 여행 칼럼도 쓰고 있어서 책읽기뿐만 아니라 글쓰기에도 깊은 관심을 가지고 있다. 요리 또한 창의적인 예술 활동의 재능으로 책방과 만나 서로의 장점을 살릴 수 있는 기회로 만들 수 있지 않을까? 여행을 좋아해서 한참 이야기도 나눌 수 있었는데, 여행의 성향이 비슷했더라면 아마도 내가 이야기 꼬리를 쉽게 놓아주지 않았을지도 모른다. 인원이 더 모이면 다시 뵙기로 약속하고 아쉽게 작별했다. 마지막엔 여행 도서들을 구입하여 책방 운영의 심리적 안정감을 선사하기도 했다.

W를 끝으로 더 찾아올 사람이 없을 줄 알았는데, 그는 그때처럼 약주를 한 잔 하고 책방에 들어와 인사했다. 그저 책방을 하는 자체만으로도 그는 나를 대단하게 생각하고 있다. 술김에 구입한 줄 알았던 책들을, 가만히 이야기를 들어보니 힘겹지만 천천히 읽고 있는 모양이다. 그치지 않는 비, 잊고 있었던 책의 제목을 그의 입을 통해 들을 수 있었다. 그냥 집어든 우연의 책이 그를 천천히 활자의 깊고 아름다운 세계로 인도하고 있다. 오늘도 현장에서 정신적 뺨을 얻어맞고 술에 취해 있지만, 책을 놓지 않고 천천히 그 활자들을 읽는다면 그가 받은 모욕과 수치를 용서와 화해로 돌려줄 것을 확신한다. 비는 언젠가 그친다.

이천십오년 칠월 십구일

신간을 팔았다

남해의봄날에서 들여온 신간이 한 권 팔렸다. 동네에선
중고 도서가 아니면 판매가 쉽지 않을 것이라고 생각했
는데 놀랐다. 일말의 가능성은 희망을 갖게 한다. 신규
거래를 좀 더 늘려볼까? 물론 작은 책방을 배려하는 출판
사가 많아져서 대형 서점과 다름없는 공급가가 선행되지
않으면 힘들겠지만. 작은 책방을 위한 협동조합도 생겨
나고 있으니 좀 더 알아보자.

이천십오년 칠월 이십이일

책을 구입할 때가 더 기분이 좋아

중고 서점을 하고 있지만 아직도 매입이 거의 없다. 많이 알려지지 않은 탓도 있지만 책을 보는 이가 많지 않으니 동네에서의 매입은 기대할 수가 없다. 소규모 출판이냐 중고 서적이냐 어느 한 쪽이든 제대로 알릴 필요가 있다. 균형을 가지고 운영을 하려니 그 경계가 점점 모호해진다. 그래도 오늘은 만화책 단행본을 잔뜩 구입했다. 버는 것이 없어도 좋은 책을 구입하게 되면 기분이 좋다. 읽어 보고 싶은 책이 많아서 온라인에 올리려면 시간이 걸리겠다. 비블리아 7월호를 이윤지 기자님에게 직접 받았다. 사진과 기사가 잘 나와서 무척 마음에 든다. 기회가 되면 낭독 모임에도 참여하기로 약속을 받았다.

이천십오년 칠월 이십사일

The Unknown Books

영문의 메일이 왔다. 영어라니. 대충 사전을 찾아 떠듬거
리며 읽어보니, 자기는 포르투갈의 신트라라는 곳에서
The Unknown Books라는 소규모 출판물을 하고 있단
다. 이번에 'south' 라는 책이 나왔고, 나의 서점에서 자
신들이 만들어낸 책과 잡지에 관심이 있는지 묻는다. (그
러면서 첨부 파일로 자료를 보내왔다.) 관심이 있다면 함
께 작업할 수 있는 기회가 될 것이고, 40~50%의 수준의
공급가로 책을 보내줄 수 있다고 한다. 링크된 웹사이트
에 들어가면 자신들이 출판한 책들을 볼 수 있대서 구경
했다. 대부분이 중철 제본 형태의 사진집인데 개인적으
로 사진은 마음에 들었다. 관심이 있으니 자세하게 구입
할 수 있는 방법과, 함께 작업하기를 희망한다고 쿨하게
한글로 답장을 보냈다. 다시 답장이 올지는 기다려보자.

이천십오년 칠월 이십오일

소리탐정 전윤권의 낭독 공연

'소리탐정 전윤권'의 낭독 공연에 초대를 받아서 일찍 책방을 끝내고 0과 함께 선유도역으로 갔다. 가는 길에 비가 엄청나게 쏟아져서 사람들이 없으면 어쩌나 살짝 걱정되었다. 선유도역의 6번 출구를 나오면 바로 앞 건물 2층에 공연장이 있는데 일반 사무실을 개조하여 무대를 만들었다. 7시 30분 공연 시간에 맞춰 사람들이 모였는데 다행히 우리말고도 사람들이 많이 모였다. 사진으로 봤던 소리탐정들이 문 앞에서 사람들을 맞이하고 있었는데 내 소개를 하자 올 줄 몰랐던 것처럼 깜짝 놀란다. 왜 그런 반응을 보였는지는 이야기를 듣고 알았다. 다른 소규모 서점도 함께 초대를 했는데 아직 한 사람도 오지 않은 것이다. 많지도 적지도 않은 30석 정도의 좌석 끝줄에 앉아 아담한 무대를 둘러봤다. 가운데 프로젝터가 있고 무대 위에 스크린이 있다.

첫 번째 공연은 김한민이 지은 '책섬'이었다. '저자' 역
은 북텔러로 유명한 구자형이란 분이 하셨고, '책병에 걸
린 소녀' 역은 소리탐정 전윤권 중 윤탐정(윤미나)이 맡
았다. 객석의 불이 꺼지고 스크린 위로 '책섬'이 떠올랐
다. 낭독이 주는 즐거움을 일반인들이 느끼기는 쉽지 않
다. 감정의 변화랄 것도 없이 건조하게 활자를 읽는 소리
에 어떤 재미를 찾을 수 있을까? 그러나 공연의 형식을
빌려 전문 성우가 하는 낭독은 달랐다. 스크린엔 그림과
활자뿐인데 어느새 활자와 그림이 춤추고 말한다. 한참
을 빠져서 관람했는데 어느새 첫 번째 공연이 끝났다.

두 번째 공연은 전탐정과 윤탐정이 '다시 동화를 읽는다
면'에서 《레미제라블》과 《빨간 구두》를 낭독했다. 첫 번
째 공연은 그림과 활자, 적절한 음향 효과로 보는 재미가
있었다면, 두 번째 공연은 확실히 집중력이 떨어졌다. 특
별한 이미지도 없이 긴 문장의 활자를 읽어야 하기에 낭
독의 속도는 더 빨라졌고, 청중은 제대로 집중하지 않으
면 내용을 머릿속에 쉽게 그릴 수 없기에 자칫 지루해질
수 있었다. 아무래도 공연의 성격으로 낭독을 하려면 이
미지와 음향 효과가 수반되지 않으면 힘들 것 같다. 공연

이 끝나고 무대 인사로 막을 내렸다.

이번 무대는 '책'을 주제로 한 것이기에 출판사, 작은 서점, 독서 활동을 하는 사람들이 초청되었다. 무엇보다 작은 동네 서점과 낭독 공연이 함께 할 수 있는 방안을 찾으려고 했던 것이 주목적이었는데 거의 대부분이 빠졌으니 속상했던 모양이다. 더군다나 연락도 없이 빠진 것이라 큰 실망을 했다고. 비가 많이 와서 그랬을 거라고 위로를 했지만, 함께 보고 이야기 할 수 있는 자리였다면 좋았을 만큼 멋진 공연이라 아쉽긴 했다. 기회가 된다면 빨리 사건을 만들어 수사 의뢰를 부탁해야지.

이천십오년 칠월 이십육일

오! 이런!

31일 부터 '양원영 사진전' 이 있어서 오늘 작가를 만나 사진전에 전시할 액자를 작업하기로 했다. 원래는 소박하게 사진만 책장에 걸쳐 전시할 계획이었는데, 사진의 재질이 얇아 제대로 서지 않아서 보강 작업으로 액자를 구비한 것이다. 액자도 종이 패널로 이루어져서 접착을 해야 했다. 스프레이 접착으로 패널의 밑과 받침 종이, 액자 형태의 곡진 앞면을 접착 후 마지막에 사진을 한 번 더 붙여야 하는 작업이다. 혼자서 하기엔 시간도 많이 소요되고 불편하기에 접착제를 뿌리는 작업은 작가가, 접착은 내가 맡아서 했다. 2시간 반 정도 액자 작업을 마무리하고 나머진 실제 전시를 통해 위치와 구도를 잡았다. 확실히 '돈' 을 쓰니 느낌이 확연히 다르다. 시간이 많이 늦어 세세한 것은 나중에 조율하기로 하고 헤어졌다. 남은 집기와 책장을 정리하고 마지막 남은 힘을 짜서 작가에게 빌린 프로젝터를 시험삼아 가동해봤다. 오! 이런!

사진전이 기대된다.

이천십오년 칠월 이십구일

포르투갈의 작은 출판사에 책을 주문

the unknown books에서 메일이 왔다. 한글로 보내도 문
제가 없다, 책과 수량을 알려주면 페이팔로 결제 메일을
보내주겠다고 한다. 그래서 4권을 구입했는데 유로화라
50%의 공급가를 받아도 가격이 비싸다. 일단 배송이 오
면 판매가를 생각해봐야지. 그런데 이 친구들 참 영업을
열심히 한다. 프랑스, 영국, 일본, 스페인, 미국 등 다양하
게 자신들의 출판물을 알리고 있다. 함께 작업한다는 의
미가 그런 것이었나? 홈페이지에 링크된 입점 가게 목록
에 이제 한국도 들어갔으니.

이천십오년 칠월 삼십일일

사진 전시회 첫날

양원영 작가의 전시회가 시작되었다. 오전부터 작가의
지인으로부터 꽃다발 배달이 왔다. 전날 밤에 전시회 배
치를 미리 했지만 빠진 부분이 있을지도 모르니 다시 점
검했다. 추천사와 소개글의 레터링 작업으로 오전을 분
주하게 보냈다. 책방에 있는 프린터가 말을 안 들어서 썬
의 집에서 급하게 출력을 했기 때문이다. 거의 마무리될
때쯤 작가의 지인 한 분이 일찍 다녀갔다. 이후로 동네
사는 이웃이 사진전이 신기하다며 친구의 집들이 선물로
사진집을 구입했다. 약속한 시간에 작가와 지인이 방문
하여 손님들에게 접대할 다과를 차렸다. 혹시 몰라 나도
조금 준비해뒀는데 다과의 정성이 다르니 꺼내놓기가 민
망하다.

얼마 전에 갔던 공연 '소리탐정 전윤권'의 성우 전광
주 님이 전화를 주셨다. 전시회 소식을 듣고 참석과 함께

사진전에 쓸 목소리 녹음을 도와주겠단다. 이런 고마운 일이. 슬라이드 전시 화면에 목소리가 입혀진다면 어떤 느낌일까? 벌써 궁금하다.

첫날이라서 지인분들이 한꺼번에 방문했다. 단번에 책방이 북적북적. 에어컨의 온도를 마구 내렸는데도 사람이 많아서 크게 시원하지는 않다. 나는 오히려 프로젝터에서 나오는 열기를 맞으며 정신없이 커피를 대접하느라 땀이 났다.

이번 전시회의 추천사를 써준 권택명 시인도 방문했는데 이렇게 작은 책방에서의 사진전이라 좀 놀란 눈치다. 나이가 많은 분이라 이런 전시회를 이해하기가 어려울 수도 있겠다는 생각이 든다. 그래도 나중에는 덕담과 함께 응원도 해주셨다. 이것으로 1부가 끝났다고 할까? 2부가 시작되었다. 직장 동료뿐만 아니라 함께 공부한 친구들이 방문했다(물어보진 않았지만 느낌으로). 기념 사진도 찍고, 못 다한 이야기도 나누고. 오신 분 중의 누군가는 이 자리의 내가 제일 부럽다고 했는데, 이렇게 많은 사람들이 멀리서 사진전을 축하하기 위해 방문한 것을 보고

양원영 작가가 제일 부러웠다. 사람의 관계를 소중히 할
줄 아는 작가의 마음이 사진에 고스란히 투영되었을지도
모른다고 생각했다. 10시가 다 되어서 전시회의 첫날이
끝났다. 책방을 정리하고, 인터뷰지를 출판사에 보내고,
파김치가 되어 집으로 갔다.

이천십오년 팔월 일일

전시회 둘째날

전시회 둘째날, 오늘 작가는 가족 친지와 함께 방문했다.
더위에 빵이 상할까봐 다과를 미리 내놓지 않았는데 갑
작스럽게 방문을 받아서 허겁지겁 준비를 하려니 꼴이
말이 아니다. 잘 되던 프로젝터도 갑자기 영상이 출력되
지 않아서 애를 먹었다. 첫 전시회인데 정신을 좀 더 바
짝 차려야겠다. 이런 작은 책방에 부모님은 몰라도 가족
친지가 모일 줄은 생각도 못했다. 가벼운 마음으로 시작
한 전시회를 그 이상으로 특별하게 생각해준 작가의 마
음이 고맙다. 소규모 전시회지만 가족이 모여 사진도 찍
고 전시회도 기념하는 모습이 부럽다. 내게도 가족으로
서 무엇인가를 기념할 수 있는 날이 올까. 아직도 나는
덜 자랐다.

이천십오년 팔월 이일
관계의 중요성

동네 책방을 중심으로 책을 좋아하는 사람들이 모인다. 꼭 읽어서가 아니라도 글을 쓰거나, 만들거나 책과 관련된 다양한 사람들이 찾아온다. 근처에 사는 동네 분들 중에서도 글을 쓰고 책을 만든 분이 있다. 오늘 가족이 찾아와서 직접 출간했던 책을 선물했다. 육아서인데 표지의 아이가 책방에 놀러온 눈앞의 아이다. 작년 말에 출간되었는데 책방을 열기 위해서 분주했던 때이다. 책방의 탄생과 비슷한 시기여서 반갑기도 하다. 다음에 오시면 육아에 관한 저자 강연을 부탁해볼까 생각중이다. 문제는 호응이 있어야 하는데 관계의 중요성을 여기서 또 절실히 느낀다. 아직 힘이 부족하다는 것을 느낀다.

소리탐정 전윤권, 책방에 방문하다

전시회를 계기로 '소리탐정 전윤권'이 방문했다. 멀리서 이 작은 책방까지 찾아와주다니. 성격은 다르지만 책이라는 하나의 주제로 꿈을 키우는 사람들이기에 반갑고, 전시회도 그렇지만 이렇게 작은 인연으로 책방에 먼 걸음을 했다는 것 자체가 내게는 엄청난 사건이다. 초청 낭독 공연에서 담소 외에는 깊은 대화를 나누지 않았지만 오래 만난 사람 같다. 프루스트의서재를 자매 서점으로 생각해주는 그들이 또한 고맙다. 혼자 책방을 운영하다 보니 새로운 시도를 하기 위해선 전적으로 자신의 판단으로 결정해야만 한다. 다른 이들도 물론 걱정과 생각을 해주지만 현실적인 공감대가 다를 수밖에 없다. 그렇기 때문에 '소리탐정 전윤권'의 이야기는 깊이 와닿는다. 팀으로서 움직일 수 있는 그들이 부럽다. 또한 합이 잘 맞아서 보기가 좋다. 끼워달라고 할까? 홈즈의 왓슨처럼.

이천십오년 팔월 사일

책과 소리의 힘

오전에 양원영 작가님이 추가로 사진집 20부를 두고 갔다. 선약이 있어서 잠깐 나갔다가 다시 방문하기로 했다. 평일이라 책방은 평소와 다름없이 조용했지만 작가와 친구들이 이내 방문하면서 서재는 사람들로 다시 북적이기 시작했다. 프로젝터를 돌리고 커피를 내리고, 반복. 작가님이 열심히 사람들을 응대해줘서 나는 인사 정도만 해도 어색하지 않았다. 좀 더 나서서 설명하고 보태면 좋을 텐데 이런 기회를 엿보는 게 약하다.

작가 지인의 일행을 몇 보냈을 때 '소리탐정 전윤권'이 직접 녹음하여 만든 사진집의 트레일러 영상이 메일로 도착했다. 소리를 최대한 키우고, 작가와 함께 있던 지인들과 영상을 봤는데 감탄이 절로 나온다. 소리와 영상이 합쳐지니 눈이 번쩍이고 귀가 트인다. 같이 본 지인들의 반응도 굉장히 좋았다. 영상을 보지 못하고 먼저 돌아간 지인의 일행들을 다시 불러들이고 싶을 정도였다. 트레

일러 영상은 홈페이지와 유튜브*에 함께 올리기로 했다.

*유튜브에 '프루스트의서재 양원영 사진전 영상' 이라는 제목으로 올라 있다.

이천십오년 팔월 육일

from Fabio M. Roque

The Unknown Books에서 책이 왔다. 두 권은 무선 제본이고 나머지 두 권은 중철 제본이다. 사진의 인쇄나 편집 상태는 좋다. 화면의 이미지로 보는 것과는 큰 차이가 없지만 실재의 형태와 질감을 손으로 대하는 것은 조금 다르다. 특별할 것이 없다고 말해도 되지만 주문을 하고 받기까지의 과정을 생각하면 그 시간과 인식의 보이지 않는 책의 띠지를 손과 눈으로 더듬거릴 수밖에 없지 않을까. 그렇다고 책을 마냥 좋다고 말하기엔 역시 값이 비싸다. 마지막 장을 넘기는데 에디션 넘버가 적혀 있다. 다른 책들도 마찬가지였는데 대부분 50~70부만 한정으로 찍고, 에디션 번호를 적어서 판매하는 모양이다. Fabio M. Roque의 신간인 south는 28번 째 에디션으로 작가의 서명과 함께 도착했다. 이렇게 소량으로 찍으면 인쇄비가 올라가는데 그것 때문에 값이 비싼 건가? 한정으로만 팔겠다면 그것도 좋은 방법일 수도 있겠다. 작가의 작품집을 좀 더 소중하게 생각할 수도 있으니.

이천십오년 팔월 칠일

그를 닮은 옷

오후 늦게 잠깐 자리를 비운 사이에 사진전을 보러 여성 두 분이 찾아왔는데 길을 잃었는지 전화가 왔다. 함께 책방으로 돌아와 사진 전시회를 보여주고 소규모 출판물에 대해서도 이야기를 나눴다. 이전부터 관심은 있었지만 오늘 처음 접해본다고 상당한 관심을 보였다. 막연하게만 생각했는데 설명을 듣고 출판한 책들을 직접 보니 자신감이 생긴 모양이다. 언젠가 갓 출간한 책을 들고 서재의 문을 두드리지 않을까.

문을 닫을 때가 되어서 젊은 청년이 한 명 방문했다. 근처에 사는 이 친구는 큰 기업에서 옷을 만든다고 했다. 어릴 적부터 이곳에 살아서 동네 사정을 잘 아는 친구다. 금호동에서 책방을 한다는 게 쉬운 일이 아닌데 놀랐다고 했다. 헤드에이크 폐간호에 책방의 인터뷰가 실렸는데 카페에서 그것을 보고 그곳이 여기인 것을 알게 된 것이다. 그도 역시 자신의 공방을 만들어 독립 디자이너가 되고 싶어했다. 나에게 힘을 얻어서 책방 근처에 공방을 차려도 좋을 것 같다고 생각했단다. 아직 준비 기간이라서 당장은 할 수 없지만 빠르면 3년 이내에 도전해볼 생각이라고 했다. 그 역시 자신의 주체적인 삶을 원하고 목표도 뚜렷했다. 책방을 하면서 아니, 좋아하는 것을 하면서 자신의 삶을 가꾸는 자유로움을 그에게 이야기 해주는 것은 쉽지만, 자유로움과 맞바꿀 모든 것의 제약으로부터의 고됨을 스스로 깨닫지 못한다면 나의 이야기는 그냥 허울뿐인 것이다. 그의 말투는 사뭇 진지하고 자신의 삶에 대한 성찰이 있다. 그렇게 느꼈다. 그의 공방이, 그를 닮은 옷이 세상에 나오길 바란다.

이천십오년 팔월 팔일

사진전을 마치고

사진전이 오늘로 끝났다. 조용한 책방에서의 바쁜 한 주
였다. 다양한 사람들과 이야기를 나누고 공감하고 감사
하며 기뻐했다. 마지막 날인 오늘도 함께 독립 출판물을
공부했던 사람들이 찾아와 사진전을 기념했다. 마지막
날은 작가가 참석하지 못했지만 같이 공부했던 사람이
책을 내고 그 책을 통해 다시 한 자리에 모일 수 있다는
것 자체가 쉽지 않은 일이다. 이번 전시회를 계기로 좀
더 독립 출판의 다양한 생각을 공유할 수 있었다. 전시회
는 끝났지만 이것으로 다시 시작이다.

이천십오년 팔월 십일일

낭독하는 책방

다시 조용한 책방으로 돌아왔다. 늘어난 중고책을 서둘
러 정리하는 작업을 했다. 당분간은 계속 도서 작업을 해
야 할 것 같다. 8월 중으로 낭독 모임을 시작하려고 준비
했지만 인원이 통 부족하다. 일단 아는 동생 두 명을 데
려와 내일 당장 모임을 시작할 생각이다. 나를 포함해 총
5명이 되는데 정원에서 한 명이 부족하다. 우선 모임의
방향성을 정하는 것이 중요하니까 첫날은 각자의 소개와
의견을 수렴하는 쪽으로 가닥을 잡아야겠다. 인원이 점
점 늘어나서 책 읽는 소리가 매일 끊이지 않았으면 좋겠
다.

그냥 좋아요

오늘 출판사와 인터뷰가 있다. 공통 질문지는 먼저 메일로 보냈고 오늘은 개별 질문과 촬영이 있는 날이다. 질문자와 자연스럽게 대화를 하면서 인터뷰가 이루어질 줄 알았는데 미리 준비된 질문지를 받아들고 대답을 하는 형식이다. 오히려 더 어색해서 말이 꼬인다. 몇 개 안되는 질문을 간신히 떠듬거리며 대답하고 인터뷰를 끝냈다. 늘 생각하지만 무엇인가를 남에게 설명한다는 것은 어려운 일이다. 아는 것만 대답하고, 불필요한 말을 사용하지 않으려고 했지만 그가 나에게 어떤 인식을 가질 것인지를 먼저 생각하게 된다. 그렇게 되면 자꾸 어떤 의미를 부여하거나 포장하게 된다.

동네에서 책방을, 인문학 서점을, 중고책을 다루는 것은 특별한 사명감을 가지고 하는 것은 아니다. 단지 내가 좋기 때문이다. 그냥 좋다. 나에게 맞다. 이런 대답이 사람들에게는 그냥 식상하거나 시시하게 들리겠지만.

이천십오년 팔월 십사일

골목이 살아날까

무수막길이 예술가의 골목이 될 수 있을까? 물론 한 번
도 그런 생각을 해보지 않았다. 우리 동네와는 전혀 무관
한 일이라고 생각했다. 책을 팔고 있지만 월세 내기도 버
겁다. 이런 곳에 누가 또 자리를 잡으려고 할까? 그런데
동네 사는 어떤 친구가 자기도 이 근처에 공방을 내고 싶
단다. 책방과 멀지 않은 곳에서 자신이 디자인한 옷을 팔
고 싶다며. 내가 먼저 이렇게 자리를 잡고 책을 판매하고
있으니 자신도 이곳에 공방을 내고 서로 잘 알려지면 다
른 이들도 들어와 문화 거리를 형성하지 않을까 기대하
는 모양이다. 나중에 임대료가 상승할 것을 대비해 상가
를 살 거라는 얘기도 들었다. 웃어넘겨야 하나. 잘 생각
해보면 주변 상권에 비해 임대료가 비싼 것도 아니니 안
될 것도 없지만 어쩐지 실현 가능성이 보이지 않는다. 허
파에 바람이 자꾸 들어간다.

이천십오년 팔월 십오일

잘 지내보자!

여유 있게 월세를 냈다. 전시회의 사진집과 더불어 중고
책이 좀 팔렸기 때문이다. 어려운 현실을 생각하면 여행
은 사치다. 하지만 책방을 하면서 여행은 포기하지 않기
로 결심했다. 책을 읽는 것과 여행은 같은 것이라고 생각
하기 때문이다. 다만 나의 분수를 넘지 않는 여행이어야
한다. 이번엔 오키나와에 갈 예정이다. 북부를 다녀올 생
각인데 렌트가 아니면 힘들 것 같다. 효율적이지도 않고.
9월초로 날짜를 잡았는데 서둘러 예매를 해야겠다. 오후
에 양원영 작가가 들러 전시회에 쓰였던 물건들을 가져
가면서 선물로 그림 한 점과 스투키*를 줬다. 새식구가
늘었다.

*스투키 : 화분에 넣어 실내에서 키우는 식물의 한 종류.

편지 한 통

편지가 한 통 왔다. 노란색 편지 봉투에 노란색 편지지. 책을 만든이가 쓴 편지. 편지를 받은 것은 참 오랜만이다. 책방을 하면서 이렇게 편지를 받을 줄 몰랐다. 편지를 받은 것도 기쁘지만 단순히 입고처로만 생각하지 않은 마음이 고맙다. 위로와 응원의 글귀가 적힌 샛노란 편지지가 책방을 물들인다. 오늘 밤은 잘 다듬은 연필 한 자루를 손에 들겠다. 노란 불빛의 책방이 오늘은 조금 더 환하다.

이천십오년 팔월 이십일일

책방 열풍

동네 책방이 삽시간에 늘어났다. 이를 소개하려는 매체
들도 부쩍 늘어나서 인터뷰 요청이 들어온다. 약간의 열
풍처럼 느껴질 정도다. 동네 책방이 지속적으로 늘어나
고 많이 알려지는 것은 긍적적인 신호라고 생각한다. 다
만 책이 소비되지 않는 현실에서 생겨난 책방이 이런 구
조적 문제점을 안고 어떻게 버틸지 걱정이다. 새싹처럼
움튼 작은 책방들이 잘 자랄 수 있도록 환경의 조성이 필
요하다. 오늘 책방 이야기를 낼 작가와 인터뷰가 있었다.
마음의숲에서 나올 예정인 이 책은 형식이 다르다고 했
는데 이야기가 잘 전달되었는지 모르겠다. 책을 좋아하
고 이해하는 분이라서 허울 없이 이야기를 하다보니 시
간이 금방 지나갔다. 책방이 많이 알려지면 좋겠지만 내
이야기가 이런 열풍에 휩싸여 단순히 소비되지 않았으면
좋겠다.

이천십오년 팔월 이십육일

0의 할머니

0의 할머니가 돌아가셨다. 일손을 돕기 위해 오후에 책방을 닫고 건대 장례식장으로 갔다. 할머니와 함께 자란 0은 그 기억의 시간만큼 눈물을 흘렸다. 할머니는 집에서 영면하길 원했지만 결국 병원의 건조한 하얀 시트에서 숨을 다했다. 자책하는 0에게 나는 아무 말도 할 수 없었다. 할머니는 병원으로 이송되기 전에 의식이 한 번 깨었는데 0을 보고는 방긋 웃었다고 한다. 시간과 기억을 잃어버리고 웃는 일이 없었기에 선명히 기억에 심어졌다. 함께한 시간이 많았던 0에게 할머니가 마지막으로 고마움을 표현한 것은 아니었을까. 부의금을 받으며 긴 시간을 넘어 할머니의 품으로 돌아오는 사람들을 본다. 할머니를 기억하는 시간이 되었을까. 시간은 잠시 멈췄다가 장례식장을 벗어나는 그들의 뒤를 조용히 따라간다.

이천십오년 팔월 이십팔일

사전 낭독 모임

사전 낭독 모임을 위한 자리를 가졌다. 모임의 이름, 낭
독의 구성과 진행 방법의 의견을 듣기 위해서다. 나를 포
함해 총 여섯 명이 모이기로 했지만 갑작스러운 사정으
로 두 명이 빠졌다. 더 미룰 수도 없는 노릇이라 네 명의
인원으로 진행했다. 모임의 이름은 처음에 붙였던 '달밤
에 숨이 튼(줄여서 달숨)'으로 정했고, 날짜는 수요일에
서 화요일로 옮겨졌다. 구성이나 진행 방법은 내가 애초
에 생각했던 방식으로 진행될 참이다. 당장은 서로 생각
하는 바가 없으니 진행하면서 다지기로 했다. 첫 모임이
라 참여자를 중심으로 규합하고 취합하려니, 모두가 즐
겁자고 만든 모임이 어쩐지 나에겐 부담으로 다가온다.

가까운 동네 분들로 모이면 진행이 쉬울 줄 알았는데 그
건 아닌가보다. 멀고 가까움을 떠나 사람들은 늘 바쁘고,
자의든 타의든 자신에게 우선 순위는 따로 있게 마련이

다. 나는 낭독 모임을 '쉼'의 개념으로 생각했다. 일주일에 한 번 모여 낭독을 통해 자신의 목소리와 귀에 휴식을 주고 싶었다. 평소 사용하는 일상의 언어와 달리 기억 저편에 머무는 아름다운 언어들을 끄집어 소리 내어 말하고, 나와 가까운 이웃의 목소리를 들을 수 있기를 바랐다. 어쩌면 이것은 나의 욕심이다. 누구에게는 낭독 모임이 다른 것일 수 있겠다는 생각을 하지 못했다. 좀 더 힘을 빼고 들리지 않는 목소리에 귀를 열자.

이천십오년 구월 십일일

인터뷰

이른 오전부터 〈8min〉 매거진과 인터뷰가 있다. 바닥을
쓸고 화분에 물을 주고 있을 때 사진작가와 편집자가 방
문했다. 선물로 자두를 한 봉지 받았다. 맛있어 보여서
오는 길에 구입했다는 말이 자두처럼 이쁘다. 근황을 묻
고, 인터뷰를 시작했다. 휴대폰 녹음기가 돌아가고, 맞은
편 자리에 놓인 질문지의 활자가 빼곡하다. 이런 오브제
는 사람을 긴장시킨다. 나의 허튼 말투 하나라도 놓치지
않겠다는 녹음기며, 답하고 나면 어떤 것이 나의 생각인
지 나조차도 알 수 없는 물음들이 이어지는. 글을 쓰는
것은 알맞는 퍼즐 조각을 조립하는 것처럼 떠오르는 단
어들을 넣고 뺄 수 있다. 그리고 맞는 조각이 없으면 긴
시간들을 들여 찾을 수도 있다. 그러나 녹음기는 나의 말
을 돌려주지 않는다. 돌려주지 않는 말들을 생각하며 다
음 질문이 이어지고, 오브제에 갇힌 의식의 경계가 흐릿
해질 때 결국 사고는 멈춘다. 다행히 에디터는 친절하다.

빠진 오브제의 수렁에서 끌어올려 끊긴 생각을 돌려준
다. 그렇게 무사히 인터뷰가 끝났다.

연연하지 않겠다

낭독 모임에서 읽을 책도 구입하고 주인장의 안부도 물을 겸 '책방이곳'에 자전거를 타고 찾아갔다. 한강의 자전거 도로를 타고 가면 금방이다. 지하에 책방이 있지만 낯설지 않고 편안한 분위기다. 빈티지를 좋아하기도 하고, 오래 일했던 서점도 지하에 있었기에 그랬는지도 모른다. 커피 한 잔을 대접받고 책방을 하면서 느끼는 공감대나 어려움에 대해 이야기했다. 성격은 조금 다르지만 같은 구에서 함께 책방을 한다는 사실만으로도 힘이 난다. 함께 해볼 수 있는 것들을 생각해보자고 했다. 저녁에 낭독 모임이 있어서 Axt 창간호와 이번에 나온 2호를 포함해 4권을 구입하고 돌아왔다.

2주 전에 낭독 모임을 처음 진행했지만 인원 부족의 이유로 오늘로 다시 미뤄 모임을 진행하는 것이다. 그러니까 오늘이 첫 정식 모임이 되는 셈. 댓글을 통해 신청을 받아서 진행하는 것이라 나를 포함해 6명이 참석할 예정이다. 어느덧 모임의 시작인 8시가 되었지만 단 두 명만 자리했다. 한 명은 갑작스럽게 불참을 통보했고, 나머지 두 명은 연락도 없다. 신청 기간이 길었기에 깜빡할 수 있다고 자위했지만 아무리 생각해도 좀 너무했다. 애써 모임에 온 분들에게 너무 미안했다. 그만둘까 하는 생각도 들었지만 이렇게 되니까 괜한 오기가 생긴다. 사람이 없다는 이유로 좋아하는 낭독을 미루거나 안 할 필요까지는 없으니까. 원래는 인원이 4명 이하면 다음으로 미룬다고 공지했지만, 없으면 혼자라도 할 생각으로 글을 수정했다. 난 더 이상 연연하지 않겠다.

동네를 벗어난다니

집이 이사를 가게 되었다. 지금 살고 있는 집은 책방에서 걸어서 5분 거리지만, 이사를 가는 곳은 자전거로 대략 50분 거리. 멀다. 집이 가까워 늦게까지 책방에서 작업을 할 수 있었는데 이제는 쉽지 않을 것 같다. 당장은 아니지만 난처하게 되었다. 평생 살던 동네에서 벗어난다는 것은 어떤 기분일까. 동네에 살고 있어서 우리 동네 책방이라고 부를 수 있었는데 이사를 계기로 애매하게 되었다. 아무래도 조금 변화를 맞이해야 할 것 같다. 여는 시간을 좀 미루고 짜임새 있게 시간을 써야 할 필요가 생겼다. 도시락도 필요하겠지.

이천십오년 구월 십팔일

소설가는 살아 있다

 그야말로 불쑥 한 남자가 들어왔다. 책을 입고하고 싶다고. 보통은 간략한 책 소개를 메일로 받고 절차가 진행된다. 무작정 왔다고 딱히 거절할 이유도 없고, 오히려 이런 상황이 흥미로워서 이야기를 들어보기로 했다. 소설을 쓴다고, 벌써 두 권째란다. 온라인 서점과 대형 서점엔 입고를 했지만 작은 책방도 그렇게 하고 싶어서 출판사의 양해를 받아 직접 입고를 하러 다닌다고 했다. 여기는 입고를 거절하더라도 꼭 와보고 싶었던 곳이라 기별도 없이 찾아왔단다. 건장한 체격에 학구적인 풍모가 느껴지는 사내의 어투는 사뭇 진지하고 건실하다. 듣기로 소설은 잘 받아주는 곳이 없어서 몇 번 거절을 당한 모양이다. 왜일까? 소설은. 소설이란 단어가 왠지 너무 뻔하다고 말하는 것처럼 들린다. 자비를 들여 책을 만들고 발품을 팔아 책방을 다니는 그의 모습이 소설을 닮았다. 뻔한 것이 아니라 그런 것이다. 소설은. 틈틈이 글을 쓴다고 말했다. 휴대용 노트북을 들고 다니며 시간이 날 때 그 어디에서나. 그가 쓰는 소설에서 삶의 답을 구하지 않는 태도가 마음에 든다. 언제 한 번 책방에서 사인회를 하자고, 농처럼 들릴 내 말이 그에게 힘이 되길 바란다. 책방에 포스터가 한 장 붙어 있는데 이렇게 써 있다. "시인은 살아 있다." 이 말이 더 서글프게 들리지 않는다.

불운한 징후

의기소침해졌다. 그런 때가 온다. 가만히 앉아서 생각해
보면 아무것도 아닌. 낙관적 미래의 상상 속에 찬물을 끼
얹는 현실적 징후들이 확대 해석되는 순간들. 발처럼 사
용하는 자전거가 삐걱거리고, 책방의 한 자리를 차지하
는 오래된 매킨토시 컴퓨터가 정신을 못 차리고 있다. 뜯
어고치고 새로 만든 홈페이지와 블로그는 엉성한 둥지
같아서 마음을 붙이고 앉아 있기 힘들다. 무엇보다 최근
에 낭독 모임이 제대로 진행되지 않은 것이 가장 컸다.
부족한 것들만 계속 보인다. 책방을 닫고 어디 마음 편한
곳에서 늘어지고 싶은 생각뿐이었다. 아무것도 하지 않
고 손을 놓고 있는데 전화가 왔다. 10월 한남동에 있을
행사를 주관하는 관계자다. 책방 로고 파일을 보낸 것이
열리지 않는단다. 딱히 로고랄 것도 없이 간판 이미지를
촬영해서 쓰고 있어서 그대로 저장해서 보냈는데 변환이
되지 않고 깨지는 모양이다. 디자인을 잘한다면 서재와

잘 어울리는 로고를 만들어 보내겠지만 그냥 파일 하나 변환해서 보내는 것도 나에겐 어렵다. 마침 O에게 전화가 와서 사정을 이야기했더니 자신의 회사 담당자에게 부탁을 해본다고 파일을 보내달라고 했다. 급하게 부탁해서 안 되면 어쩔 수 없지 하는 마음으로 기다리는데 근처 사는 SB씨가 주문했던 책을 찾으러 들렀다. 부탁할 생각은 없었지만 이런 사정을 화제삼아 이야기했더니 아는 동생을 통해 도와주겠다고 한다. 고마운 마음이 종일 나를 괴롭혔던 불운한 징후를 조금씩 몰아내고 있다.

이천십오년 구월 이십이일

혼자 하는 낭독

8시가 되었고, 책을 꺼냈다. 예상대로 아무도 오지 않았지만 오히려 마음이 편했다. 마음에 드는 자리 한 구석에 앉아 선정 도서를 폈다. 물을 한 잔 옆에 두고 읽었던 페이지를 찾으면서 스피커에서 흘러나오는 멜로디를 무의식적으로 흩트렸다. 책은 가끔 혼자 소리 내어 읽는 편이라 어색하거나 낯설지 않다. 신경 써야 할 누구도 없으니 금세 나는 소설 속에 잠겨들었다.

"어린 시절은 망상이에요. 자신이 어린 시절을 가졌다는 믿음은 망상이에요. 우리는 이미 성인인 채로 언제나 바로 조금 전에 태어나 지금 이 순간을 살 뿐이니까요. 그러므로 모든 기억은 망상이에요. 모든 미래도 망상이 될 거예요. 어린아이들은 모두 우리의 망상 속에서 누런 개처럼 돌아다니는 유령입니다."

- 배수아, 《1979》 중에서.

1979년은 이란 혁명 이후 팔레비 왕조가 무너지는 때이다. 미국의 주도 아래 독재 정치를 폈던 팔레비 왕가는 결국 국외로 추방된다. 이 소설은 팔레비 왕조의 가족사를 이야기로 풀어내는 동시에, 실제 왕조의 가족사가 무대가 되는 한국의 현대사와 맞닿으면서 묘한 시대적 공감을 불러온다. 놀랍도록 닮은꼴이 과거뿐만 아니라 현재, 나아가서 미래를 말해주고 있는 것일지도.

배수아의 단편을 뚝딱 읽었더니 한 시간이 지났다. 빈 물컵과 함께 낭독은 끝났다. 혼자 읽는 것과 함께 읽는 것의 차이를 말하라면 잘 모르겠다. 함께 읽었다면 잠들기 전에 소설을 한 번 더 읽으면서 그의 목소리를 떠올려 볼 것이다. 우리는 혼자가 아닌 함께 흘러가는 시간을 읽고 있다.

이천십오년 구월 이십삼일

시 '집'

책장이 울고 있다. 책장의 상태나 형태로 볼 때 상당히
오래된 책장이다. 사람의 손을 타지 않아서 흠집이 거칠
다. 보통 이런 책장이 지금까지 남은 것은 주인이 물건을
잘 버리지 않는 사람이거나, 창고에 긴 시간을 방치했을
가능성이 크다. 버려진 책장은 너무 낡았고, 책방의 책장
들과 비교할 때 잘 어울리지 않아서 눈으로만 좇다가 말
았다. 점심을 먹을 요량으로 집에 돌아와 쉬는데 자꾸 책
장이 생각난다. 아무래도 그 낡은 책장에 자꾸 눈이 가는
것은 내가 나이를 먹었기 때문일 것이다. 책장으로 충분
히 쓸 수 있는데도 다른 이유로 사라져버린다면 어쩐지
서글플 것 같다.

책방에 아직 둘 만한 공간이 있고, 정 어울리지 않는다면
새로 칠을 하고 손을 봐서 써야겠다고 마음먹고 데려왔
다. 생각보다 가벼운 무게에 훌쩍 책방까지 가져와 걸레

질을 했다. 좀 흔들거리지만 책장으로 사용할 수 있겠다. 보통의 책은 크기가 맞지 않아서 무엇을 넣을까 고민하다가 시집을 넣었다. 딱 맞는 공간에 시집이 착착 들어갔다. 원래 이 책장은 오래 전부터 시집이 꽂혀 있었던 것 같다는 생각이 들 정도였다. 흡족한 마음으로 책장만큼 바랜 시집을 펼쳐두었더니 시가 집에서 걸어나온다.

편지

점심을 얻어 먹고 배부른 내가
배고팠던 나에게 편지를 쓴다.
옛날에도 더러 있었던 일,
그다지 섭섭하진 않겠지?
때론 호사로운 적도 없지 않았다.
그걸 잊지 말아 주기 바란다.
내일을 믿다가
이십 년!
배부른 내가
그걸 잊을까 걱정이 되어서

나는
자네한테 편지를 쓴다네.

- 천상병 〈주막에서〉

이천십오년 구월 이십육일

딴짓

매거진 〈딴짓〉에서 입고를 위해 방문했다. 추석 전이라
송편까지 사들고 왔다. (딴짓이라니, 나는 지금도 정리해
야 할 도서 목록을 간과하고 만화책을 보고 있다.) 여기
서 말하는 '딴짓'은 밥벌이의 지겨움에 굴복하지 않고
스스로의 삶에 다양한 색을 입히는 일이다. 듣고 보니 명
쾌하다. 나도 역시 책이 좋아서 책방을 시작했지만 밥벌
이의 수단이기도 하다. 그러면 어느 때고 지겨워지게 마
련이다. 또 딴짓을 꾸민다. 언제든 여행을 떠날 수 있게
자전거 바퀴에 바람을 채우고, 책을 내고 싶은 마음에 틈
틈이 글을 써본다. 그렇다면 딴짓은 꿈꾸는 일이기도 하
다. 꿈이 있는 이상, 인간은 늘 변화하기를 갈망하고 그
러기에 딴짓을 한다.

이천십오년 구월 이십구일

기다리면 된다는 것을 알았어

연휴 마지막날 늦게 문을 열었다. 10월부터 테이크아웃 드로잉에서 '책집' 전시회가 있어서 책을 직접 전달하기 위해서다. 커피를 사준다는 명목으로 친구인 홍의 차를 타고 함께 한남동으로 갔다. 멀지 않은 곳에 있어서 금방 도착했다. 사장님의 부탁으로 카페 앞에서 인증샷(?)을 찍고 책을 전달했다. 구경도 할겸 커피를 두 잔 시켰는데 할인도 해주었다. (그래도 나에겐 비싸다.) 카페 내부는 굉장히 자유로운 분위기다. 예술가들을 위한 공간으로 활용하다보니 배열과 조합들이 묘하게 어울린다. 이런 곳에서 걱정 없이 책방을 할 수 있다면 얼마나 좋을까. (건물주와 실랑이 중인 카페 사장도 마찬가지겠지.)

책방으로 돌아와 화분에 물을 주고 온라인 도서 작업을 했다. 저녁에는 낭독 모임을 준비해야 한다. 나를 포함해 2명. 더 없다. 그래서 모임은 그대로 진행하지만 단둘이

하는 것이 부담스럽다면 다음 번에 참여해도 좋다고 문자를 보냈다. 그랬더니 괜찮다고 답장이 왔다. 둘이서 할 줄 알았는데 마침 같이 있던 홍이 관심이 있기에 극적으로 3명이서 모임을 할 수 있게 되었다. 혼자 했던 지난 주가 떠올라 웃음이 났다. 결과적으로 낭독 모임은 즐겁게 끝났다. 새로 신청한 분도 가까운 동네고 책을 아주 좋아한다. 홍도 덩달아 낭독에 재미를 들인 모양이다. 예정된 시간보다 한 시간이나 더 이야기를 나누고 헤어졌다. 다음 모임이 기다려진다.

이천십오년 구월 삼십일

이름 모르는 꽃병

어제 누군가가 야외 테이블 위에 꽃병을 놓았다. 물을 채운 콜라병에 빨강 꽃이 한가득이다. 꽃병을 본 순간 어리둥절하였지만 한편으로 감동했다. 사람의 고운 마음을 직접 확인했기 때문이다. 예전에 우체국에 다녀오느라 잠시 자리를 비울 때였다. 갑작스럽게 내린 비로 테이블 위에 진열한 책들이 젖을까봐 누가 큰 비닐을 덮어두었다. 굉장히 기뻤고 고마웠다. 그러나 꽃병은 예측의 범위를 넘는 순수한 마음의 형태이다. 책을 읽고 시를 읊지만 스스로도 마음이 무뎌져 있는 상태였다. 무관하다고 느끼는 타인의 시선이 상처로 돌아오기도 하는 요즘엔 더 그랬다. 그럴수록 내 마음은 팍팍해져 책만을 생각했다. 앞으로의 일만 눈여겼다. 그렇게 며칠 동안 헛헛하게 비워둔 테이블 위에 놓아둔 꽃은 내게 보내는 위로였다. 다른 곳도 아닌 나의 동네, 책방에서. 이름도 모르고, 성별도 모르고, 나이도 모르지만 감사의 마음을 전하고 싶었다. 생각한 끝에 꽃병의 위치를 옮기지 않고 늘 제자리에 두기로 마음먹었다. 꽃이 시들면 다른 꽃을 사다가 꽂을 예정이다. 사철, 아름다운 꽃이 지나가는 모든 이들에게 인사하기를 바라면서. 고마운 그 사람에게도.

되찾은 : 시간　　10, 11, 12월

ibrary of Proust

proustbook.com

USED BOOKS
LITTLE PRESS

이천십오년 시월 이일

가깝다면 좋을 텐데

매거진 딴짓의 남은 부수를 전해주기 위해 3호님이 방문
했다. 책방이 이쁘다고 말해줘서 고마웠다. 손재주가 많
은 3호님과 이야기를 하다보니 시간이 금방 간다. 소소
시장에 손으로 만든 펭귄들도(석고 방향제) 가져간다니
모두 판매가 되길 기원한다. 헤드에이크의 폐간호를 재
입고 받기 위해 지원 씨를 동네 우체국에서 급하게 만났
다. 5부 중 1부는 주문자에게 바로 택배로 보내야 한다.
돌아오는 길에 함께 짜장면을 먹고 책방에서 입고받은
책을 정산해드렸다. 가까운 동네에 살다가 이사를 가버
려서 아쉽다.

이천십오년 시월 삼일

그러다 말았지

조금 지쳤어. 책방에 혼자 남겨진 것 같은 기분 탓만은
아닐 거야. 잠깐 닫고 풍물 시장에나 다녀올까 했어. 바
람도 좋고, 게다가 오늘은 토요일이잖아. 쓰여지고 버린
물건들이 죄 나와 볕을 쬐는 모습은 아름다워. 묘한 안도
감. 상처받고 버려져도 누군가는 나를 사랑해줄 거라는
기분. 그래서 닫으려고 했어. 닫으려고 했는데 오늘 한
번도 눈길을 받은 적 없는 책들이 맘에 걸려 말았어. 노
트북 화면에 고개 떨구고 한참을... 그러다 말았지.

마을 공동체의 실현

금호1가동에 마을 행정팀이 생겼다. 주민 센터에 발걸음
이 어려운 노인분들을 위해 직접 찾아가 업무를 대행하
고 편의를 봐주는 일종의 마을 단위의 복지팀이라고 할
수 있다. 일전에 한 번 다녀간 뒤로 상호 관계에 협조할
수 있도록 연락처를 받은 적이 있는데, 이번에 마을 공동
체에 관한 도서들을 주문하기 위해 연락이 왔다. 인터넷
으로 쉽고 빠르게 주문할 수 있지만 동네 서점을 생각하
고 주문해줘서 여간 기쁘지 않다. 공동체라는 것이 함께
살고 같이 행복해지는 것이라면, 마을 공동체의 실현은
동네 서점을 이용하면서 시작되었다고 전해드리고 싶다.

이천십오년 시월 십사일
밀린 일기

일기를 한동안 쓰지 않았더니 나 자신에게 너무 미안해
진다. 일기를 쓴다는 것은 결국 스스로의 안부를 묻는 것
인데 며칠이나 나에게 무심해진 것이다. 참아온 말들이
터져버린 것도 아니고 하고 싶은 이야기가 없었던 것도
아니다. 틀의 문제일까? 내밀한 이야기를 하기엔 이런 공
간이 어울리지 않는다는 생각도 들었다. 나를 보여주고 싶
다는 생각이 나를 움츠러들게 한다.

이사를 위한 제작

책방을 조금 일찍 닫고 '책집' 전시회를 하고 있는 한남동에 갔다. 전시 기간 중 매주 금요일에 워크숍을 열고 있는데, 지난주는 다른 일정으로 참석을 못하고 이번에 '서점 주인을 위한 가구 제작 워크숍'에 참여하게 되었다. 서점 주인을 위한 가구라니, 그렇지 않아도 입간판이 필요했는데 이번에 도움을 받아 만들어볼 요량이었다. '책집' 전시회에도 참여하고 있어서 일단 전시 공간부터 둘러보았다. 맨 앞에 '프루스트의 서재'가 멋지게 자리잡고 있었다. 판매가 잘 되면 좋겠지만 책방의 성격을 알려주는 것이 중요하니까 크게 개의치는 않는다.

몇 권의 고서도 전시하고 있는데 그 중 'OLD KOREA'는 사람들에게 꼭 보여주고 싶은 책이었다. 'OLD KOREA'는 엘리자베스 키스가 해방 이후 한국의 모습을 그리고 쓴 탐방기인데, 여성이 한국을 소재로 만든 거의 최초의

판화 도록인 것이다. 초판본이라 상태가 좋지 않아, 협소한 공간에 펼쳐놓기엔 무리가 따르고 손을 탈 수밖에 없는 전시라 그냥 두고 말았다. 다양한 책방의 도서를 둘러보고 있으니 책방을 한 자리에 다 불러놓은 것처럼 재밌다. 앞으로도 꾸준하게 열리면 좋겠다.

워크숍은 '테이크아웃 드로잉'의 앞마당에서 진행되었다. 책방을 하거나 관심 있는 사람들이 모여서 자기 소개를 간단히 했다. 〈이사를 위한 제작〉을 주제로, 간단한 도구와 재료로 책장을 만들어보는 시간이다. zerolab의 진행으로 2명이 한 팀이 되어 책장을 만들어보기로 했다. 북소사이어티 사장님과 함께 만들었는데 나중에 서로 지쳐서 그냥 손 가는 대로 만들었다. 신기한 것은 그렇게 대충 만들어도 제대로 나온다는 것. 이거 정말 배우기를 잘했다. 예정 작업 시간을 훌쩍 넘겨 워크숍은 끝났지만 유익하고 재밌었다. 나중에 이사를 가도 걱정이 없겠다.

이천십오년 시월 이십일
앞으로 더 재밌는 일

책방을 하고 싶다고, 가끔 책을 구입하러 오는 동네의 이웃이 말했다. 함께 책방을 한다면 좋을 것 같다고. 벌써 다른 책방들도 둘러보고 고심 끝에 마음을 결정한 모양이다. 물론 좋다고 했다. 가까운 곳에 재밌는 책방이 하나 더 생긴다면 많은 사람들이 관심을 가지고 이곳을 찾아줄지도 모른다고 생각했다. 막연한 가능성의 일이지만 분명 더 좋은 쪽으로의 방향임은 확실하다. 책방을 하겠다고 말하기 앞서 얼마 전에 나에게 이렇게 물은 적이 있다. 해보니 어때요? 재밌다는 나의 대답이 괜한 물음처럼 싱겁다고 생각하기에 덧붙여서 이렇게 말했다. 앞으로 더 재밌는 일들이 기다리고 있을 것 같다고. 내가 떠든 말들이 의중의 결심을 확고하게 만들었는지 어땠는지는 모른다. 중요한 것은 결국 자신이다. 남의 즐거움이 꼭 나와 같지는 않으니까.

더 이어질 문장들

테이크아웃 드로잉에서 열리는 3주차 수업에 참여했다. 서점 주인을 위한 POP 제작이라 이번엔 특별히 노트북도 지참하여 갔다. 어색하고 낯선 공간의 불편함을 싫어하면서도 적극적으로 수업에 참여하는 것이 스스로도 신기하다. 재밌는 건 낯선 타인과의 거리도 '책'을 말하는 순간 사라지고 만다는 것이다. 책의 활자들이 하나의 문장으로 묶여 있는 것처럼. 무엇보다 그 테두리 안에서 제각각 어떤 활동을 이어가는 사람들을 보는 것 자체로 큰 의미를 가질 수 있어서 좋다.

이천십오년 시월 이십사일

더쿠 씨의 아방궁

화창한 가을 날씨이기 때문에 서재엔 손님이 없다. 나 역
시 유혹에 굴하여 자전거를 끌고 나왔으니까. 얼마 전에
덕질 장려 잡지 'THE KOOH'를 입고하러 왔다가 알게
된 제작자의 카페를 찾아갈 셈이다. 응봉동이라니 엎어
지면 코 닿을 위치다. 좀 더 빨리 갈 수 있는 지름길이 있
지만 바람도 쐴 겸 한강의 자전거 길로 나갔다. 사람들이
줄줄이 김밥처럼 열을 지어 길을 달릴 정도로 많았다. 바
람은 적당히 불었고, 나무는 옷을 갈아입었다. 이렇게 좋
은 날 책방에 있으려고 했다니 내가 미쳤지, 하고 속으로
중얼거릴 정도의 화창함이었다.

목적지가 너무 가까운 탓에 더 기분은 내지 못하고 카페
앞에 당도했다. 사람이 있으면 그냥 돌아갈 셈이었다. 언
제라도 방문은 가능하니까. 깔끔하고 멋스러운 인테리어
의 작은 카페지만 사람은 없었다. 자전거를 앞에 세워두

고 들어가니 더쿠 씨가(내 일기니까 이렇게 부르겠다.) 반겨준다. 선반 위에 세워둔 책들과 수집품들은 덕후의 장대한 세계관을 엿볼 수 있다. 차 한 잔 팔아줄 요량으로 아이스 아메리카노를 시켰다. 원두를 직접 갈아서 포트에 끓여 내오는 커피는 맛있다. 주변의 여건 때문인지 고민의 성격도 비슷하여 한참을 떠들었다. 문제점도 토로하고 아이디어도 내보지만 결국은 스스로가 얼마나 지속할 수 있는 힘을 키우느냐가 중요할 것 같다. 또 다가올 겨울을 묵묵히 이겨내려면. 얼어 죽지는 않았는지 가끔 찾아가도 좋겠다.

이천십오년 시월 이십오일
기고

속에 묻은
말을 꺼내달라고 했다
오래 앓아온 병처럼
끙끙거리기
시작했다

이천십오년 시월 삼십일일

뮤직 비디오*라니

요 며칠은 좀 바빴다. 0의 업무로 이틀 동안 함께 부산에 다녀왔고, 돌아오자마자 책집 전시회의 마지막 워크숍인 '책방 주인의 간담회'에 참석했다. 지난 워크숍에서 봤던 얼굴들도 있고, 이번에 처음 뵙는 분들도 있었는데 멀리는 대구, 광주에서 올라온 분들도 있어서 매우 반가운 자리였다. 이렇게 작은 책방 주인들이 한 자리에 모이니 정말 연합군 같다. 책방을 하면서 느끼는 어려운 문제에 관해 이야기를 나눴고, 함께 문제를 해결하고 도울 수 있는 지속적인 관계를 갖자고 이야기했다. 간담회가 끝나고 뒤풀이 자리에서 다른 책방을 운영하는 주인분들과 더 깊은 이야기를 나눌 수 있어서 좋았다. 너무 늦어서 집까지 걸어야 하는 일만 빼곤.

뒤풀이를 서둘러 나온 이유는 아침 일찍 뮤직 비디오 촬영이 있기 때문이었다. 부산에 있는 동안 장소를 섭외하는 업체에서 전화와 문자가 잔뜩 와 있었다. 토요일 아침부터 촬영을 해야 하는데 가능하냐고. 부산을 가기 전에 먼저 와서 사진기로 촬영 스케치를 할 때만 해도 반신반의했다. 감독의 허락이 떨어져야지만 촬영이 잡히는 것이라 안 될 수도 있다는 이야기를 들었다. 그때는 누구의 뮤직 비디오인지도 몰랐다. 전날에서야 문자를 보고 '윤하'인 줄 알았다. 시간에 맞춰 책방을 가는데 벌써 주변에 촬영 스텝이며 차량들이 잔뜩 와 있었다. 꽤 추운 날이어서 대부분 두꺼운 파카를 입고 있다. 야외에서는 인원과 차량 통제를, 안에서는 감독과 배우들이 촬영과 연기를 했다. 다만 윤하는 들어가지 않는 장면이라는 게 아쉽다. 뮤직 비디오가 잘 돼서 책방이 이쁘게 나오면 좋겠다.

＊유튜브 - 윤하(younha), 널 생각해.

이천십오년 십일월 삼일

집을 또 고치며

 결국 홈페이지를 또 매만지고 있다. 너무 단순하게 만들
어버린 탓에 오히려 홈페이지와 점점 멀어지는 느낌이
다. 일기를 잘 쓰지 못하는 것도 그런 이유라고 핑계를
대고 싶다. 홈페이지의 작업 도구가 편하게 나와서 쉽게
뼈대 작업은 마쳤다. 배경에 들어갈 동영상은 황아영 작
가가 도와주었다. 속만 채우면 얼추 이번 달 안에 공개할
수 있겠다. 부디 이번엔 오래 가기를 빈다.

이천십오년 십일월 사일

좀 더 부지런히

마을 계획단 일로 도움을 요청하고자 주민 센터에서 담당자가 왔다. 이번에 '마을 계획단 설립식'을 위한 초대장을 만든다고 했는데 여기에 그림을 넣거나 잘못된 부분을 고쳤으면 좋겠다고 한다. 그러면서 은근슬쩍 나를 마을 계획단에 넣었다. 인쇄까지 하려면 시간이 걸릴 텐데 초대장을 새로 만들어야 할 판이다. 좋은 취지의 사업이니 함께 도우면 좋겠지만 이건 그냥 일을 맡기고 간 느낌이다. 이후로 딴짓의 재입고를 위해 3호님이 방문했다. 뜨개로 만든 선인장을 선물로 받았다. 3호님이 오면 언제나 재밌는 이야기를 할 수 있어서 좋다. 소망하는 공방이 생긴다면 나도 종종 놀러갈 텐데. 오후 늦게 아영씨가 '블라인드' 전시를 위해 원화 액자를 가져왔다. 저녁을 먹지 못한 관계로 떡볶이와 튀김을 사다가 함께 먹었다. 해가 지면서 입고된 책들을 작업하고 밀린 메일을 보냈더니 금세 또 하루가 졌다. 내일은 좀 더 부지런히 움직여야지.

이천십오년 십일월 오일
반가웠어요, 빠이.

⟨딴짓⟩ 매거진을 만드는 1호님이 다녀갔다. 가끔 어떤 사람은 내가 아는 주변의 인물과는 다르게 독특한 아우라를 뿜어내는 사람이 있다. 길다면 긴 시간을 보내고 온 다른 환경의 삶이 현실적인 일상에 아직 젖어들지 않은 것인지도 모른다. 환기되지 않은 공기가 서재를 머문다. 여유와 느긋함, 혹은 비움에서 오는 충만함. 떠나온 빠이에서 이야기를 나눴다면 왠지 빠이라는 장소를 사랑하게 되었을 것 같다. 내게 준 감이 달다.

이천십오년 십일월 팔일

선생님의 숙제

엄마와 아이가 책방에 왔다. 주위를 둘러보더니 조심스
럽게 묻는다. 학교에서 숙제를 내줬는데 여기가 뭐하는
곳인지 알아오라고 했단다. 참 재밌는 숙제다. 동네에 이
런 공간이 없으니 현장 학습이 될 수도 있겠구나. 그나저
나 다른 아이들은 어떻게 숙제를 했을까? 그냥 책만 파는
곳이라고 생각하고 끝인 것일까? 선생님이 내게 남겨준
숙제 같다.

이천십오년 십일월 십삼일
반듯하게 잘려진 단면

목재는 벌써 사두었는데 차일피일 미루다가 드디어 오늘 책장을 만들기로 했다. 책을 넣을 공간이 필요한 것도 있지만, 겨울에 빠져나갈 온기를 붙들기 위해서 책장을 쌓아올려 진열창 전체를 막을 참이다. 밖에서 볼 때는 볼품이 없어도 안에선 꽤 아늑한 공간이 될 것 같다. 책으로 둘러싸인 서재라니. 일찍부터 낭독 모임을 같이하는 회원님 두 분이 와주었다. 꽤 멋진 공구들을 가지고 와서 작업하기가 수월했다. <u>손으로 하는 작업은 가끔 무언의 감동을 준다.</u> 잊혔던 감각을 깨우는 것처럼 들뜨게 한다. 반듯하게 잘려진 단면처럼 상쾌한 것은 없다. 아, 노동의 즐거움이란 이런 것인데. 경험이 있어서 뚝딱 만들 줄 알았는데 하나를 완성하고 끝냈다. 준비가 부족하면 변수는 늘 있게 마련이니까. 하지만 다 짓고 나면 겨울이 끝나 있을 것 같은 불안감을 떨칠 수가 없다.

이천십오년 십일월 십육일
만일에서

자신의 태도를 끝까지 견지하는 것은 쉽지 않은 일이다. 옳다고 생각하는 일들의 반응성을 이끌어내지 못하면 결국 판단의 잣대마저 들이댈 수 없는 혼란에 빠져든다. 결국 타인의 비교로 옳고 그름을 생각해볼 것이고 끊임없이 자신의 태도에 의구심을 가지게 될 것이다. 차라리 논란의 중심에 서서 풍파를 겪어보는 것이 태도를 굳건히 하거나 변화를 수용할 수 있는 전환점이 되지 않을까. 책방 만일에서 나의 태도를 생각해본다.

이천십오년 십일월 십팔일
책은 사람을 이어준다

올리포 프레스에서 나온 자끄 드뇌망의 자연사는 내가
생각하고 있는 가장 아름다운 시집의 형태를 가지고 있
었다. 이 시집이 너무 아름다워서 낭독 모임의 친구들에
게 소개하던 중에 무심코 디자인을 한 사람이 누구인지
생각해보지 않았다는 것을 깨달았다. 표지 날개 뒤에 감
춰진 디자인 전용완. 그는 내가 처음 책방을 열었을 당시
의 첫 방문자이며, 고객이기도 했다. 내가 가장 좋아하는
시집과 바꿔간 만원 한 장은 아직도 보관하고 있다. 책은
사람을 이어준다.

아름다운 책방이 여기

작은 책방을 사랑해주는 분들이 방문했다. 먼 타국에서 살지만 한국의 동네 책방을 찾아준 고마운 손님. 지역의 서점과 도서관이 마을과 함께 공존할 수 있도록 공동체 의 끈을 이어가는 활동가님. 바쁜 일정으로 잠시 비워둔 책방 앞에서 기다리게 했던 미안함도 금세 안아주고 반 갑게 대해주셨다. 짧은 시간의 대화였지만 나의 책방이 더 아름답고 사랑스럽게 느껴지는 것은, 책과 그 책이 있 는 공간을 사랑하는 사람들의 관심과 애정이 있기 때문 이다.

이천십오년 십일월 이십일
마을을 부탁합니다

마을 계획단 설립식에 다녀왔다. 나의 이름이 표기된 명찰을 받고 앉아 있는데 당 의원, 구의회 의원, 구청장이 차례로 인사를 다녔다. 위촉장을 호명 순서대로 받고 자리로 돌아왔다. 그 이후는 조금 지루한 식순이 이어졌고, 누가 누군지도 모르는 자리에서 임시 단장이 정해지면서 설립식은 끝났다. 기억에 남는 것이라곤 나눠준 떡이 아주 맛있다는 것과 기념품 다이어리에 새겨진 서울 시장의 문구였다. "당신이 시장입니다. 마을을 부탁합니다." 이 문구가 간절하게 들린다.

이천십오년 십일월 이십삼일

책이 있는 가장 가까운 곳

외할머니 생신으로 이틀 외갓집에 다녀왔다. 어릴 적에 보았던 풍경들이 많이 남아서 좋다. <u>시간이 많이 흘렀는데도 변화의 속도가 빠르지 않다는 것은 지금 이대로도 행복하기 때문이라고 짐작해본다.</u>

미뤄두었던 일들 때문인지 책방을 찾는 손님은 없어도 바쁘다. 어린이도서관에서 도서 납품을 의뢰했기 때문에 주문을 확인하고 처리해야 한다. 총판 거래처가 일부 출판사의 도서를 취급하지 않아서 직거래를 요청하거나 직접 오프라인 서점으로 가서 책을 구입했다. 서점과도 거래처가 없는 작은 출판사들은 그냥 온라인으로 재고를 맞췄다. 손이 많이 가는 일이지만 지역 서점을 이용하여 책을 구비하는 일은 동네 서점이 기반을 다지는 데에 가장 이상적인 형태이므로 반가운 일이다. 시에서 도서관의 확충과 재정을 지원한다면, 도서관은 지역 서점을 통해 책을 구비할 것이고, 지역 서점은 안정적으로 다양한 출판사의 책들을 소개하고 판매할 수 있을 것이다. 지역 서점을 살리는 길은 다른 데 있지 않다. <u>책이 있는 가장 가까운 곳을 이용하면 되는 것이다.</u>

이천십오년 십일월 이십오일

웃는 아이처럼

어제 아영씨가 일찍부터 와줘서 겨울을 대비해 만든 책
장의 사포질을 도와줬다. 스스로 만든 날것 그대로도 굉
장히 멋지다고 생각했지만, 사람의 손길이 닿을수록 원
목의 표면은 더 아름답게 빛난다. 엄마가 아이의 얼굴을
자주 쓰다듬고 어루만져주는 것은, 아이의 따뜻한 심성
이 엄마의 손길을 받아 드러나기 때문이라고 생각한다.
많은 사람들이 나의 서재로 와서 좋아하는 책을 살핀다
면 책장은 점점 아름답게 빛날 것이다. 웃는 아이처럼.

이천십오년 십일월 이십칠일

소리탐정, 증명하다

소리탐정 전윤권의 초대장을 받아 낭독 공연에 참석했
다. 잊지 않고 찾아줘서 고맙다. 작은 화분을 선물로 사
들고 오랜만에 공연장에 들어섰다. 반가운 얼굴, 공간,
목소리. 이번 공연은 감사한 분들을 위한 무대의 형태라
좌석과 배치도 조금은 다르다. 좀 더 가깝고 친밀하게.
낭독 도서는 사계절, 워크룸, 엣눈북스의 책으로 진행되
었으며 그에 해당하는 출판사 대표 및 관계자가 참석했
다. 서점으로는 나 혼자다. 소리탐정 전윤권의 입장으로
는 시연 무대인 셈이기도 하다. 공연자의 입장으로 관객
과 무대를 넓힐 수 있는 출발점이 될 것이다. 잘 됐다. 낭
독 공연을 통해 터진 관객의 웃음과, 공연을 끝내고 난 후
의 툭 터진 소회의 눈물로 이 무대가 어떤 무대인지 그들
스스로가 증명하고 있다.

이천십오년 십일월 이십팔일

침묵하고 싶다

시간을 돌려서 한 번 만나보고픈 철학자, 사상가는 누구
인가요? 그 이유는 무엇인가요? 라고 인터뷰 질문을 받았
었다. 철학을 좋아하지만 철학을 이야기할 만한 주제와
깊이가 없어서 한참을 고민하다가 비트겐슈타인을 말했
다. 모든 철학은 전부 헛소리에 불과하다, 라는 그의 오
만함이 마음에 든 것도 있지만, 무엇보다 그 말에 반박할
수 없는 타고난 명제를 제시했다. 《논리철학논고》를 읽
었지만 내가 이해한 것은 아무것도 없었다. 이해할 수 없
어서 좋았다. 마지막에 이르러 "말할 수 없는 것에 관해
서는 침묵해야 한다."라는 이 문장이 한참을 혀에 돌다가
가슴으로 삼켜져 박혔다. 세상의 모든 떠도는 언어들에
게서 눈을 감고 싶다. 침묵하고 싶다.

재소자에게서 편지가 한 통 왔다. 잡지에 나온 이곳의 기사를 보고 문득 편지를 쓰게 되었다는 것. 남의 것을 탐한 죄로 지금은 그 죗값을 성실히 받고 있다고 했다. 자신의 소망은 앞으로 작은 서점을 하며 살아가는 것이고, 형을 사는 동안에도 책을 읽고 싶다고 했다. 그러니 도와 달라고, 부탁드린다고. 편지를 다 읽고 열 권 정도의 책을 골라 박스에 담았다. 편지의 사연이 절절하게 다가오는 것도 아니고, 안타깝다거나 책이 남아서도 아니다. 그의 죗값에도 관심이 없다. 다만 그가 읽을 활자가 주위에 없다는 생각이 자꾸 나를 괴롭힌다. 내가 아니어도 다른 누군가에게 또 편지를 썼을 수도 있겠지만, 그냥 이 한 마디를 보내고 싶었다. "책을 통해 잃어버린 시간을 되찾길 바랍니다." 그가 보낼 긴 고요를 생각하며.

이천십오년 십이월 이일

나의 동네

집이 이사를 했다. 금호동에서 상봉동으로. 쭉 살아온 동네를 벗어난다는 것은 어떤 기분일까? 대부분의 시간은 서재에 있고, 있을 것이기 때문에 별다른 감흥은 없을 줄 알았다. 그러나 결국은 돌아가야 할 곳이라는 점에서 그 무게가 달라진다. 집의 안식이 스며들기도 전에 하룻밤을 보내고 문을 나섰다. 처음부터 끝까지 기억의 익숙한 풍경을 지우고 낯선 골목, 상점, 누군가에겐 이정표가 될 피조물들이 무뚝뚝하게 지켜보고 있는 거리를 서둘러 빠져나왔다. 지하철을 타고 출근하는 사람들과 부대껴 책방으로 가는 길은 악몽을 꾸는 것 같았다. 평소라면 나는 한 시간 뒤에나 깨어야 할 것이다. 단절된 풍경의 터널을 지나 익숙하고 반가운 나의 동네로 왔다. '나의 동네'라는 말이 벌써 어색하다. 누군가 나에게 살지 않는 이곳이 너의 동네라고 말할 수 있느냐고 따진다면 어떻게 대답하면 좋을까? 언젠가 다시 돌아올 곳이라고 대답하면 될

까? 책방으로 향하는 오르막길을 오늘은 누구보다 힘주
어 올라갔다.

이천십오년 십이월 삼일

눈바람 사이로 길이 보인다

눈이 푹푹 내린다. 도서관과 지역 서점의 연계로 어린이
도서관에서 주문받은 책을 보내는 날이다. 오전에 차가
움직일 수 없어서 미뤘다가 눈이 금세 녹아서 오후에 배
달을 다녀왔다. 첫 납품이 무사히 끝나서 기쁘다. 앞으로
도 꾸준하게 거래할 수 있다면 좋겠다. 집어삼킬 듯한 눈
으로 서재에 방문하는 사람이 없을 것이라고 생각했는데
혼자 있다는 생각이 들지 않을 정도로 사람들이 와줬다.
그중에 헬로우뮤지움*을 운영하는 김이삭 대표도 방문했
다. 그렇지 않아도 동네에서 젊은 예술가들의 작품을 소
개하고 전시할 수 있는 공간을 만들기 위해 만나볼 참이
었는데 통하는 부분이 있었나보다. 무엇보다 서로 추구
하려는 방향성이 잘 맞아서 일이 쉽게 풀릴 것 같다.

*헬로우뮤지움 : 성동구 금호동에 있는 동네미술관. 어린이 프로그램을 운영한
다. 전화 02-562-4420

이천십오년 십이월 오일
이 순간

잊지 않고 찾아주는 사람이 있어서 기쁘다. 먼 걸음으로 찬바람을 헤치고, 낯선 동네의 풍경을 눈길로 보듬고 와줘서 고맙다. 따뜻한 차 한 잔에 묵은 이야기를 풀어낼 때 나의 안부를 너에게 묻고, 너의 안녕을 나에게 답해주어서 좋다. 내가 바라는 것, 이 순간에 다 있다.

이천십오년 십이월 팔일
수번 296번의 답장

다시 편지가 올 줄은 몰랐다. 아니, 내가 책을 보낼 줄 몰랐는지도 모른다. 편지엔 그런 감정들이 시작부터 끝까지 잦아들지 않고 일렁인다. "모든 제소자는 각자 힘겨운 상황을 겪고 있는 사람들이며 마음에 믿음도 사라져버린 불쌍한 삶의 소유자들입니다. 이런 저희에게 도움을 주신 것입니다. 우리 모두가 한 줄의 글귀에서 위안과 힘겨운 상황에서 헤쳐나갈 희망을 보았으면 좋겠습니다." 그가, 그들이 필요했던 것은 책이 아니라 작은 위안이었는지도 모른다.

이천십오년 십이월 십일일

밥그릇

마을 계획단의 교육 주간 일정으로 이틀 연속 주민 회의
에 참여했다. 아파트 대표나 직능 단체 회원들이 대부분
이고 개인적인 참여 의식을 가지고 마을 활동에 관심을
가진 분들은 거의 없다. 어쩔 수 없다고 생각하지만, 밥
그릇 이야기는 그만 좀 듣고 싶다.

이천십오년 십이월 십팔일

신기루

마을 2·3가 동장님이 오셨다. 일전에 한 번 왔는데 문이 닫혀서 마을 순찰 중에 다시 들렀다고 한다. 대화의 요는, 책방이 있는 이곳을 특화 거리로 만들고 싶다는 것이다. 기부 물품을 받아 운영하는 '소금창고' 대표님에게 먼저 이야기를 들어서 크게 놀랍지는 않았는데, 동장님에게 직접 들으니 먼 이야기로 들리지 않는다. 생각하는 대로 일이 풀리는 것 같아서 신기하기도 하지만, 모든 것이 신기루처럼 사라져버릴 것 같아서 아무것도 믿을 수 없다. 그저 내가 할 일을 묵묵히 하는 것, 그게 중요하다.

이천십오년 십이월 이십일

준비 운동이 끝났다

이맘때 겨울을 생각하면 사람이 찾아준다는 것은 요행에
가까운 일이었다. 책방을 열기 위해 적막한 공간에 책과
나만 덩그러니 있을 때면, 불안한 감정과 막막한 기분이
수없이 교차하곤 했다. 그럼에도 책방을 열 수 있었던 것
은 글쓰기였다. 글을 쓴다면 어떻게든 될 것 같았다. 책
이 팔리지 않는 것은 나로서는 어쩔 수 없는 일이고, 꾹꾹
묻어뒀던 문장들을 꺼내서 단단해진 이야기를 깎아본다
면 정말, 어떻게든 될 것 같았다. 그런 심정으로 시작한
책방은 많지는 않아도 소중한 사람들이 찾아주고 있다.
내 손에 쥘 수 있는 것은 없어도, 마음에 담을 수 없을 정
도의 것이 넘친다. 준비 운동이 끝났다.

잘 지내나요

낭독 모임 송년 행사를 했다. 평소보다 한 시간 일찍 모여 가져온 음식을 나눠먹고 프로젝터로 '러브레터'도 보았다. 영화에 나오는 '잃어버린 시간을 찾아서'라는 책의 제목처럼 아련한 기억들을 떠오르게 한다. 시간이 많이 흘렀지만 좋아하는 것을 다시 찾아서 할 수 있다면 그때의 시간이 고스란히 돌아오지 않을까 생각한다. 내게 묻는 안부처럼 말이다.

"잘 지내나요?"
"저도 잘 지냅니다."

이천십오년 십이월 이십육일
가장 먼저 하는 일

결과적으로 아무것도 끝내지 못했다. 해야 할 순서를 잊지 않기 위해 지끈거리는 머리를 움켜쥐었을 뿐. 책방 일기를 옮기는 작업은 아직도 제자리걸음이고, 쌓여가는 책들은 위태롭게 서 있다. 연말엔 정산도 끝내야 하고, 제작자에게 메일도 보낼 참이다. 주문한 책들 중 일부가 결품이 생겨 기한 내에 재주문을 해야 한다. 그러고 보니 며칠째 화분에 물을 주지 못했다. 책방을 열면 가장 먼저 하는 일인데. 잎들이 내 속처럼 꺼멓게 타들어간다.

시드니의 날씨는 어떻습니까

날이 찹니다. 시드니의 날씨는 어떻습니까? 수치의 온도
로는 이상하게 상상이 되지 않습니다. 가보지 못한 이유
로 거리를 가늠하기 어려운 것처럼 말입니다. 월요일은
쉬는 날이었는데 어제와 다르지 않게 서재에 나왔습니
다. 주문을 받은 택배를 늦지 않게 보내야 하는 이유도
있지만, 더 미루기엔 마음의 여유가 허락하지 않는 일들
이 기다리고 있기 때문입니다. 하고 싶은 일이고 하려고
했던 일이지만, 살아가는 것이 때로는 우선 순위를 두어
야 하는 것처럼 골치가 아픈 일이기도 합니다. 마음의
여유도 없이 일에만 매달리지 않겠다고 생각하면서도
이렇게 서재에 나와서 작업을 하고 있는 자신을 보면 웃
음도 납니다. 그래서 책방이 아닌 서재로 오롯이 나에게
몰두했습니다. 특별히 쉬는 일이 없어도 여유로운 것은,
하고 싶은 일을 하고 있기 때문입니다. 밤은 금세 찾아
왔고, 서재를 떠나기 전에 남겨진 화분에 물을 잔뜩 주

었습니다.

시드니의 온화한 날씨를 생각하며.

타산지석 시리즈

"여행보다 더 재미있고 더 리얼하다."
"여행은 보이지 않는 지도에서 시작된다."

세계 여러 나라의 사람들과 문화를 이해하기 위한 보이지 않는 세계 지도.
단순한 체험기가 아니라 그 문화를 진정으로 체험한 사람의 경험을 통해 나오는
날카로운 철학과 통찰.

영국 바꾸지 않아도 행복한 나라 이식 · 전원경 지음 / 360면 / 컬러 / 13,900원
그리스 고대로의 초대, 신화와 역사를 따라가는 길 유재원 지음 / 280면 / 컬러 / 17,900원
중국 당당한 실리의 나라 손현주 지음 / 352면 / 컬러 / 13,900원
터키 신화와 성서의 무대, 이슬람이 숨쉬는 땅 이희철 지음 / 352면 / 컬러 / 15,900원
러시아 상상할 수 없었던 아름다움과 예술의 나라 이길주 외 지음 / 320면 / 컬러 / 14,500원
히타이트 점토판 속으로 사라져던 인류의 역사 이희철 지음 / 244면 / 컬러 / 15,900원
이스탄불 세계사의 축소판, 인류 문명의 박물관 이희철 지음 / 224면 / 컬러 / 14,500원
독일 내면의 여백이 아름다운 나라 장미영 · 최명원 지음 / 256면 / 컬러 / 12,900원
이스라엘 평화가 사라져버린 5,000년 성서의 나라 김종철 지음 / 360면 / 컬러 / 15,900원
런던 숨어 있는 보석을 찾아서 전원경 지음 / 360면 / 컬러 / 15,900원
미국 명백한 운명인가, 독선과 착각인가 최승은 · 김정명 지음 / 348면 / 컬러 / 15,000원
단순하고 소박한 삶 아미쉬로부터 배운다 임세근 지음 / 316면 / 컬러 / 15,900원
이스라엘에는 예수가 없다 유대인의 힘은 어디서 비롯되는가 김종철 지음 / 224면 / 컬러 / 14,500원
유리벽 안에서 행복한 나라 싱가포르가 이룬 부와 교육의 비밀 이순미 지음 / 232면 / 컬러 / 13,900원
한호림의 진짜 캐나다 이야기 본질을 추구하니 행복할 수밖에 한호림 지음 / 362면 / 컬러 / 15,900원
몽마르트르를 걷다 삶이 아플 때 사랑을 잃었을 때 최내경 지음 / 232면 / 컬러 / 13,500원
커튼 뒤에서 엿보는 영국신사 소심하고 까칠한 영국 사람 만나기 이순미 지음 / 298면 / 컬러 / 13,900원
왜 스페인은 끌리는가 자유로운 영혼, 스페인의 정체성을 만나다 안영옥 지음 / 300면 / 컬러 / 18,900원
대만 거대한 역사를 품은 작은 행복의 나라 최창근 지음 / 304면 / 컬러 / 19,800원
타이베이 소박하고 느긋한 행복의 도시 최창근 지음 / 304면 / 컬러 / 17,900원

※타산지석 시리즈는 계속 발간됩니다.

마음을 열어주는 책

사람으로부터 편안해지는 법 소노 아야코 지음/오경순 옮김/296면/9,800원
타인을 미워하지 않고도 사람으로부터 받은 상처를 극복할 수 있도록 도
와주는 책.

긍정적으로 사는 즐거움 소노 아야코 지음/오유리 옮김/276면/8,800원
지금까지 상처받았다고 생각해온 것들에 대한 가치관의 반전과 인생의
본질을 꿰뚫는 지혜를 전하는 책.

빈곤의 광경 소노 아야코 지음/오근영 옮김/176면/12,000원
인간으로서 존엄은커녕 쓰레기 취급을 당하다 굶어 죽어가는 사람들이
공존하고 있다는 사실. 단순한 도움의 대상을 넘어, NGO 감사관의 눈에
비친 빈곤국의 국가 시스템적 모순들과 오랜 굶주림이 낳은 외적, 정신적
폐해들을 낱낱이 보여준다.

세상의 그늘에서 행복을 보다 소노 아야코 지음/오경순 옮김/212면/8,800원 청소년추천도서
오랜 작가생활과 NGO 활동으로 전세계 100여국을 방문하고 여행해온 저자
가 빈곤, 기아, 질병이 곧 삶인 오지인들의 모습을 통해 그동안 너무나 당연해
서 제대로 느낄 수 없었던 행복의 원점과 인생의 본질을 되돌아보게 하는 책.

착한 사람은 왜 주위 사람을 불행하게 하는가 소노 아야코 지음/오근영 옮김/176면/9,800원
무난한 인간관계를 위해 우리의 의식에 잠재되어 있는 착한 사람에 대한
강박증이 초래한 불편함과 비본질성을 꼬집는 책. 보다 자연스럽고 편안
한 인간관계를 위해 우리가 취해야 할 것과 버려야 할 것을 깨닫게 한다.

멋진 당신에게 오오하시 시즈코 지음/김훈아 옮김/312면/12,000원
몇 번을 읽고 또 읽어도 가슴이 따스해지는 수필집. 우리 생활에서 쉽게
지나쳐버리고 마는 잔잔한 아름다움이 가득 담겨진 책.

마음으로 살아요 행복이 옵니다 오오하시 히즈코 지음/김훈아 옮김/268면/12,000원
마음을 다하여 바라본 이 세상에 행복이 있음을 깨닫게 하는 책.

5차원 부모교육혁명 원동연 지음/157면/12,500원
가정의 회복이 교육의 열쇠다. 관계를 잃으면 모든 것을 잃는 것과 같다.

되찾은 : 시간

1판 1쇄 발행 2016년 11월 20일

지은이 박성민
펴낸이 김현정
펴낸곳 책읽는고양이 / 도서출판리수

등록 제4-389호.(2000년 1월 13일)
주소 서울시 성동구 행당로 76 한진노변상가 110호
전화 2299-3703
팩스 2282-3152
홈페이지 www. risu. co. kr
이메일 risubook@hanmail. net